W0208376

12

CONTE verlag

Lilo Beil

Mädchen im roten Kleid

KRIMINALROMAN

CONTE

Für Sigi. In Liebe.

»Sammler sind glückliche Menschen.«
(Goethe zugeschrieben)

Bibliografische Information der Deutschen Nationalbibliothek
Die Deutsche Nationalbibliothek verzeichnet diese Publikation in der Deutschen Nationalbibliografie; detaillierte bibliografische Daten sind im Internet über http://dnb.d-nb.de abrufbar.

ISBN 978-3-95602-181-7

Das Werk einschließlich aller seiner Teile ist urheberrechtlich geschützt.
Jede Verwertung ist ohne Zustimmung des Verlags unzulässig.
Dies gilt insbesondere für Vervielfältigungen, Übersetzungen, Mikroverfilmungen und die Einspeicherung und Verarbeitung in elektronischen Systemen.

© Conte Verlag, 2019
Am Rech 14
66386 St. Ingbert
Tel: (0 68 94) 166 41 63
Fax: (0 68 94) 166 41 64
E-Mail: info@conte-verlag.de
Verlagsinformationen im Internet unter www.conte-verlag.de

Umschlag und Satz: Markus Dawo
Umschlagabbildung: »Im Studium« (Titel nach dem Münchener Ausstellungskatalog 1883) von Nikolaos Gyzis, via Wikimedia Commons
Druck und Bindung: Faber, Mandelbachtal

Den namenlosen Künstlern gewidmet,
den Exilkünstlern des Dritten Reiches.

»Auch an blauen Tagen bricht das Herz.«
Hilde Domin

Prospero: »… und in der mitternächt'gen
Stille rissen die Diener seines Schlages uns
hinweg, mich, und dich weinend Kind.«
Miranda: »Ach, welch ein Jammer!
Ich, die vergessen, wie ich damals weinte,
bewein' es jetzt aufs Neu …«
Der Sturm, erster Aufzug, zweite Szene.
(William Shakespeare)

Kapitel 1 | Singende Steine

Juni 2004

Gontard musste über sich selbst lächeln. Anna hatte Recht, wenn sie behauptete, ihr Mann habe einen regelrechten Spleen, der ihn immer wieder in diese Abtei führte: *Le Thoronet*, das Zisterzienserkloster im Hinterland der Côte d'Azur, zog den schon lange pensionierten Kripochef seit Jahren magisch an. Dies war schon sein siebter Besuch der Abtei, die im 12. Jahrhundert von einem Mönchs-Architekten erbaut worden war, der in Strenge, Armut und Enthaltsamkeit mit seinen Ordensbrüdern gelebt und gewirkt hatte.

Die Abtei, abgeschieden und eingebettet zwischen Wäldern und Weinbergen, schien unberührt von den Turbulenzen der modernen Welt zu schlummern, verschont vom Massentourismus der nahen Côte d'Azur mit ihren übervölkerten Stränden und Ferienorten.

Das Hinterland der Mittelmeerküste war schon öfter Reiseziel der Gontards gewesen, und diesmal hatte es sich ergeben, dass sie das Ferienhäuschen von Anna Gontards ehemaligem Kollegen Gerhard Beyer mieten konnten, der dieses Jahr für die Zeit von Ende Mai bis Anfang Juni keinen Eigenbedarf für sich und seine Familie zu vermelden und dem Ehepaar gerne sein Haus zur Verfügung gestellt hatte.

»So früh im Jahr waren wir noch nie hier«, hatte Anna Gontard gemeint, bevor sie begeistert zusagten. Zwei Wochen Südfrankreich, diesmal im Frühsommer, zur Zeit der Kirschen, das klang nach Unbekanntem und nach Ausbrechen aus einem gewohnten Urlaubsmuster, das Anna und ihren Mann nach der Pensionierung meist im Hochsommer oder Frühherbst in die Provence geführt hatte. Und so bot sich den Reisenden zum ersten Mal allein von der Vegetation her ein anderes Bild als die Jahre zuvor.

Statt an Lavendel- und Sonnenblumenfeldern waren sie diesmal an Wiesen mit Klatschmohn inmitten silbriger Gräser vorbeigefahren.

»Monet lässt grüßen«, rief Anna begeistert aus.

»Ja, fehlt nur noch die Dame mit dem blauen Sonnenschirm, wie sie mit ihrem Kind durchs Mohnblumenfeld spaziert«, stimmte ihr Mann ihr zu.

Die Wälder waren von Ginster gesäumt, lodernden gelben Büschen, riesig und zu flammenden Bergen aufgetürmt.

Die »Zeit der Kirschen« erwies sich jedoch als Enttäuschung: Wegen des vielen Regens im Frühjahr und der ungewöhnlich niedrigen Temperaturen war die Kirschenernte nur sehr mäßig ausgefallen. Der Befall durch einen Schädling tat sein Übriges, um den Kauf von Kirschen zu einer teuren Angelegenheit zu machen.

»Man kann nicht alles haben«, sagte Anna Gontard gelassen. »Der Ginster, die Mohnblumenfelder, die Sonne, das wunderbare Essen und der Rosé-Wein entschädigen doch für das eine oder andere.«

Und nun hatte Anna drei Tage vor der geplanten Heimreise doch noch dem Herzenswunsch ihres Mannes nachgegeben, nämlich zum »1000. Mal« zu dieser Abtei zu fahren.

Anna Gontard, weit weniger romantisch als ihr Ehemann und um viele Jahre jünger als er, gestand sich insgeheim ein, dass Friedrich, der in wenigen Monaten seinen 80. Geburtstag feiern würde, nicht mehr vor Gesundheit strotzte. Der Tod von zwei lieben Freundinnen innerhalb des letzten Vierteljahres und das plötzliche Erkranken von einigen Bekannten hatten Anna, die sorgloser und positiver gestrickt war als ihr melancholischer Mann, die Endlichkeit des Daseins neuerdings auf drastische Weise vor Augen geführt.

Sie hatte heute schon mehrere Fotos gemacht, obwohl in den Ferienalben der Gontards die schlichte und elegante Silhouette der Abtei mit ihrem spitzen Kirchturm, dem Tonnengewölbe des Weinkellers, dem Kreuzgang und dem Schlafsaal der Mönche, das Kirchenschiff mit Apsis und den drei Rundbogen-Fenstern, welche die Dreifaltigkeit symbolisierten, von mehrfachen Besuchen und aus verschiedenen Perspektiven festgehalten waren. Und Fotos des mystischen Brunnens der Abtei füllten, wie es Anna vorkam, bestimmt allein mehrere Seiten.

Nun kommt es auf ein siebtes Mal auch nicht an, dachte Anna, während sie in Richtung Museumsshop ging, wo sie einige Mitbringsel kaufen würde. Anna Gontard machte gerne Geschenke. Schenken ist eins meiner Hobbys, dachte sie, auch so ein Spleen. Ich sollte mich nicht lustig machen über Friedrich. Jeder spinnt eben auf seine Weise, dachte sie weiter, während sie die unvermeidlichen Lavendel-Potpourris, Seifen der Provence mit den Düften Mimose, Orangenblüte und Limone, Honig und Olivenöl aus der Klostermühle aussuchte. Und nicht zu vergessen eine Kleinigkeit für den vierjährigen Enkel Fredi, der momentan auf dem Mittelalter- und Rittertrip war und in seinem einer Ritterburg nachgestalteten Hochbett in Bettwäsche mit aufgedruckten Drachen, Burgfräuleins und Adelswappen schlief.

Ich kann mir Zeit lassen, ohne dass ein ungeduldiger Ehemann hinter mir steht und mich drängt, ich solle nicht so lange zögern bei der Auswahl der Geschenke, dachte Anna beruhigt. Mein romantischer Ehemann ist bestimmt im Lavabo, im Waschhaus mit seinem Kultbrunnen.

Sie hatte richtig geraten. Gontard hätte Stunden hier verbringen können, versunken in die Betrachtung des Klosterbrunnens, dabei dem unaufhörlichen sanften Plätschern des Wassers lauschend, das sich ins Becken aus hellem Sandstein ergoss. Diese Steine, erleuchtet vom unvergleichlichen Licht des Südens, goldgelb und dann wieder weißlich-silbrig: Sie schienen wahrlich zu singen und zu sprechen. *Singende Steine* hieß der wundervolle Roman von Fernand Pouillon, der dieser Zisterzienserabtei damit ein literarisches Denkmal gesetzt hatte.

Les pierres sauvages, der Titel des Originals, so fand Gontard, war noch zutreffender, denn diese Steine wirkten tatsächlich »wild« und ungezähmt. Im Sonnenlicht der Provence sahen sie aus wie von Gold überzogen.

Gontards Gedanken gingen zu einer anderen Abtei, zu einem anderen Brunnen. Es war das Kloster Maulbronn, jenes Zisterzienserkloster in der Nähe von Bretten, das etwa zur gleichen Zeit wie *Le Thoronet* erbaut worden war. Und es war der Brunnen, den Hermann Hesse so berühmt gemacht hatte, als er ihn 1914 in seinem Gedicht *Im Kreuzgang* besang.

Verzaubert in der Jugend grünem Tale
Steh ich am Säulenschaft gelehnt
Und horche, wie in seiner kühlen Schale
Der Brunnen klingend die Gewölbe dehnt.

Und alles ist so schön und still geblieben,
Nur ich ward älter, und die Leidenschaft,
Der Seele dunkler Quell in Haß und Lieben,
Strömt nicht mehr in der alten wilden Kraft.

Oh nein, dachte Gontard. Mitten im Urlaub bewegen mich solch trübe Gedanken. Doch der Urlaub ist ja bald zu Ende, da kommt immer etwas Wehmut auf, und meine Lebenssituation ist ja auch nicht gerade die der unbegrenzten Möglichkeiten.

Eine kleine Gruppe von Jugendlichen stand plötzlich um das Wasserbecken herum, einige spritzten mit Wasser und wurden sogleich von einem erwachsenen Begleiter getadelt, wohl ihrem Lehrer. Sie verließen unverzüglich den von Rundbögen umgebenen Waschraum und gingen lachend weiter. Gontard genoss die neuerliche Ruhe und schaute durch eines der Rundbogenfenster in den Klostergarten hinaus, wo auf einer kargen steinigen Stelle Klatschmohn blühte. Blutstropfen, dachte Gontard.

Eine wunderschöne weiße Lilie ragte majestätisch und hoch aus dem Gras daneben. Wie die Lilien auf den Madonnengemälden der alten Meister, dachte Gontard.

Nie zuvor hatte er in *Le Thoronet* Lilien wachsen sehen.

Da plötzlich tauchte hinter der weißen Staude eine Frauengestalt auf. Die Besucherin trug ein rotes Sommerkleid und goldene Sandalen mit dünnen Riemchen.

Aus einer schicken goldenen, zu den Schuhen passenden Tasche holte sie eine Kamera, machte ein Foto der Madonnenlilie. Sie schaute dabei ganz kurz zu Gontard hinüber. Irgendetwas im Blick der jungen Frau, in ihren Gesichtszügen mit dem ausdrucksvollen Mund und der klassischen Nase faszinierte ihn, erinnerte ihn an ein Gesicht, das er zu kennen schien. Die schwarzhaarige Schönheit drehte sich von Gontard weg, knipste ein weiteres Foto.

»Du bist der geborene ›Super Recogniser‹«, hatte Anna ihn erst vor kurzem aufgezogen. »So nennt man Menschen, die sich fotografisch an Gesichter erinnern können. Die Münchner Polizei sucht solche Leute zur Aufklärung von Straftaten. Diese Superhirne sind selten, das ist nicht erlernbar, sondern wird vererbt. Wissenschaftlich getestet. Das hab ich im *Spiegel* gelesen.«

Gontard hatte geantwortet, nein, er würde sich nicht anheuern lassen von der Münchener Polizei, er habe sein Soll an der Aufklärung von Straftaten doch schon bei der Ludwigshafener Kripo voll und ganz erfüllt.

Die junge Frau im Klostergarten war verschwunden. Vermutlich hatte ihn sein Superhirn im Stich gelassen, und die junge Frau war eine Klischeeschönheit, wie man sie ständig in Magazinen sehen kann und manchmal im richtigen Leben. Eine Schönheit mit Wiedererkennungswert.

Mit der Ruhe war es aus, denn drei der Jugendlichen von vorhin kamen zurück und bespritzten sich lärmend mit Wasser. Vom Lehrer war weit und breit nichts zu sehen. Das musste man ausnutzen.

Nun tummle, Jugend, dich in meinem Tale
Und labe dich am Traum der Ewigkeit.

Mit den beiden Endzeilen des Hesse-Gedichts im Kopf riss Gontard sich zögerlich von seinem Kultbrunnen los. Ein letzter Blick auf das Wasserbecken, die Rundbogenfenster und die weiße Lilie im Klostergarten, und er ging mit eiligen Schritten hinweg. Als er den Kreuzgang passierte, erklang Chorgesang aus der nahen Krypta. Leider kein Live-Gesang, sondern gregorianische Gesänge vom Band. Jedoch feierlich genug, dass ihm Schauer den Rücken hinunterliefen.

So ähnlich muss sich die Ewigkeit anhören, dachte er. Er betrat den Museumsshop, wo Anna an der Kasse zahlte und eine große Papiertasche entgegennahm.

»Das ist dein Spleen, stimmt's?«, frotzelte Gontard. »Geld ausgeben.«

»Für andere, Geschenke. Selbstlos wie ich bin. Geben ist seliger denn nehmen«, erwiderte Anna lachend. »Das ist meine frühkindliche Prägung. Das Aufwachsen in einem pfälzischen Pfarrhaus.«

Und sie fügte mit gespieltem Pathos hinzu: »*Hier steh ich, ich kann nicht anders, Gott helfe mir* … Wie Luther einst sagte.«

»… Amen«, spöttelte Gontard. »Und ich bin der Ehemann, der zu allem Ja und Amen sagen muss.«

Und er seufzte ein wenig.

»Guck mal, was ich für Fredi gefunden habe.«

Stolz holte sie aus ihrer Tasche ein Malbuch mit mittelalterlichen Motiven und eine kleine Figur, die einen französischen Ritter darstellte. Auf seinem dunkelroten Schild prangten Lilien in Weiß und Gold. Die Unbekannte an der Lilienstaude kam Gontard plötzlich in den Sinn.

»Da war eine junge Frau mit einer Tasche, die mir gefallen würde. In Gold«, sagte Anna auf einmal, während sie nach Rocbaron in ihr Ferienhäuschen zurückfuhren, vorbei an Klatschmohnfeldern à la Monet und an flammenden, von Ginster bewachsenen Hängen. »Aber die ist dir ja bestimmt nicht aufgefallen.«

»Wen meinst du eigentlich, die Tasche oder die Frau?«, konterte Gontard.

Anna schaute ihren Mann verwundert an, doch der hüllte sich in Schweigen. Man darf doch auch mal das eine oder andere kleine harmlose Geheimnis haben, dachte er.

»Monet lässt schon wieder grüßen«, lenkte er ab und zeigte auf eine riesige Mohnblumenwiese. Wie Blutstropfen, ja, dachte er abermals.

»Da drängelt schon wieder einer. Typisch. Diese Franzosen«, rief er leicht verärgert.

Der schwarze Mercedes hinter ihm überholte an einer relativ unübersichtlichen Stelle. Aus den Augenwinkeln sah Gontard auf dem Beifahrersitz des flotten Wagens eine dunkelhaarige Frau im roten Kleid sitzen. Der Fahrer neben ihr war blond und machte frech ein Victory-Zeichen, bevor er davonbrauste.

»Das war ein Deutscher, soviel zu deinen Vorurteilen, mein Liebster«, bemerkte Anna. »Ich hab das Kennzeichen erkannt. HD.«

»Die Heidelberger im Pfingsturlaub, ja«, sagte Gontard.

Seine Beobachtung, die Schwarzhaarige in Rot betreffend, behielt er für sich.

Und wieder grüßte ein Klatschmohnfeld am Wiesenrain und machte den Vorfall vergessen.

Kapitel 2 | Faits divers oder »Verschiedenes«

»Nun ist der Urlaub bald zu Ende.«

Es klang wehmütig, als Anna Gontard das sagte.

Sie hatte ihr *Pain au Chocolat* beiseitegelegt und schaute ihren Mann, wie um Mitgefühl bittend, an. Der war aber völlig vertieft in einen Artikel des *Var-Matin*, den er traditionsgemäß jeden Morgen zusammen mit einem Baguette und zwei Croissants im Dorfladen holte. Das war einer der Tante Emma-Läden, die auch hier in Frankreich immer seltener wurden und den Supermärkten wie *Leclerc, Super-U, Intermarché* weichen mussten.

Geistesabwesend antwortete Gontard mit einem »Wie bitte?«, offenbar immer noch gefangen vom Inhalt des Gelesenen.

»Wieder mal ein Selbstmordattentat, wie das Mode zu werden scheint, oder was Schreckliches aus dem Kosovo oder dem Irak?«, fragte Anna flapsig.

»Na ja, die französischen Regionalzeitungen kümmern sich nicht sehr um die Welt da draußen. Da macht der *Var-Matin* keine Ausnahme. Hier ist ein großer Bericht über den 60. Jahrestag der Landung der Alliierten in der Normandie. Den D-Day 1944. Und zum ersten Mal nimmt mit Gerhard Schröder ein deutscher Bundeskanzler an den Gedenkfeiern in der Normandie teil.«

»Aber dich hat was anderes gefesselt. Was ist es?«

Anna ließ sich nicht so leicht abschütteln.

»Ein *fait divers*, eine von diesen Sensationsnachrichten, Schreckliches aus der Gegend«, gab Gontard zurück, um Lässigkeit bemüht.

Anna Gontard wurde ungeduldig und riss ihrem Mann ziemlich unhöflich die Zeitung aus der Hand.

Tote im Fluss, stand da zu lesen.

Eine weibliche Leiche war im Flüsschen Caramy nahe dem Ort Vins-sur-Caramy gefunden worden. Sie war ohne Papiere, eine Unbekannte. Dunkelhaarig, groß und schlank, schätzungsweise zwischen 30 und 35 Jahre alt, und sie trug ein rotes Kleid und goldfarbene Sommerschuhe.

»Traurig«, seufzte Anna. »So jung, in Lillis Alter.«

Wäre eine goldene Tasche bei der Toten gefunden worden, würde Anna anders reagieren, dachte Gontard. So wie ich nämlich.

Er ließ sich seine innere Unruhe nicht anmerken, hatte sich wieder im Griff. Es gab bestimmt noch andere junge Frauen, die ein rotes Sommerkleid und goldene Schuhe trugen. Es musste nicht die junge Frau gestern in *Le Thoronet* gewesen sein.

»Ja, Lilli wird nun bald 31 Jahre alt«, lenkte er ab. »Und Fredi wird schon vier Jahre alt und Baby Lotta ist bald kein Baby mehr, sie wird auch schon ein Jahr alt. Mein Gott«, sagte er seufzend und legte die Zeitung weg. »Was haben unsere Enkelkinder doch einen uralten Großvater. Demnächst 80 Jahre und kein bisschen weise.«

Er legte nachdenklich die Stirn in Falten. »Dafür haben sie aber eine junge Großmutter«, fügte er charmant hinzu.

Das Ablenkungsmanöver hatte gewirkt. Die Zeitung war zusammengefaltet, das *fait divers* vergessen, und der neue Ferientag konnte beginnen, einer der letzten freilich, also doppelt wertvoll.

»Ich für meinen Teil freue mich auf zuhause«, bekannte Gontard aus vollstem Herzen. »Ich freue mich auf Lilli, die mit den zwei Kleinen bald zu Besuch kommt, und ich freue mich auf unsere Tierchen, auf Belami und Heinz.«

»Belami kommt in die Jahre, hast du es bemerkt?«, sagte Anna.

»Ja, und wir kennen ja sein genaues Alter nicht. Das ist genau zehn Jahre her, als wir ihn als Urlaubssouvenir mitgebracht haben.

Von Montauroux, wo wir damals immer unsere Ferien verbrachten. Ach, das war auch schön dort.«

In nostalgische Gedanken versunken schaute Gontard zu Anna hinüber, die den Faden aufnahm: »Der kleine Streuner, den wir damals gerettet haben, ja. Wie er herrenlos im *Café du Centre* umhergeirrt ist«, erinnerte sie sich. »Und dein gutes Herz konnte dem traurigen Hundeblick nicht widerstehen. Wie alt er wohl damals war?«

»Nicht älter als zwei Jahre, denke ich, dann wäre er nun zwölf Jahre alt, ein Hunde-Opa, noch älter als ich Menschen-Opa, wenn man Hundejahre in Menschenjahre umrechnen würde.«

Anna, die praktisch Denkende, hatte nun genug von nostalgischen Betrachtungen und rief aus: »So, daheim sind wir noch schnell genug. Vertrödeln wir nicht die Zeit mit Wehmutsgedanken. Wie wär's, wenn wir heute mal nach Aix-en-Provence fahren? Da waren wir noch nie, obwohl es gar nicht so weit weg ist. Das *Musée Granet* würde mich interessieren, da gibt es bestimmt Cézanne-Gemälde *en masse* zu bewundern.«

Nach eiligem Abräumen des Kaffeetischs machten sich die Gontards auf den Weg in die Stadt, in der Cézanne bis zu seinem Tod gelebt und gearbeitet hatte. Als sie am Gebirgszug Sainte-Victoire vorbeifuhren, freute sich Anna auf die vielen Motive dieses Berges, den Cézanne so oft gemalt hatte.

Plötzlich sagte sie: »Ob die junge Frau, weißt du, die vom Flüsschen Caramy, wohl Selbstmord begangen hat?«

»Der *Var-Matin* hat sich sehr bedeckt gehalten. Aber ich denke eher an Mord«, erwiderte Gontard.

»Mord ist schrecklich, aber Selbstmord ist traurig«, sagte Anna. »Ich zitiere unseren Kult-Kommissar, Inspektor Columbo, der hat das neulich in einer Fernsehfolge so ausgedrückt. Recht hat er.«

Nachdenklich schaute sie hinüber zum mächtigen Gebirgszug der Sainte-Victoire. Wie es ihre Art war, hing sie nicht lange negativen Gedanken nach. »Ich freu mich auf die vielen Bilder von Cézanne«, sagte sie und holte den Stadtplan von Aix-en-Provence aus dem Handschuhfach.

Kapitel 3 | Das Musée Granet

Annas Erwartungen wurden bitter enttäuscht.

Im *Musée Granet*, benannt nach François Marius Granet, einem weit weniger bekannten Sohn und Künstler der Stadt, der vor Cézanne in Aix-en-Provence gelebt hatte, gab es nur acht Gemälde des berühmten Impressionisten. In den Museen der ganzen Welt und in Privatsammlungen konnte man die Gemälde von Cézanne bewundern, aber nur in limitiertem Maß in seiner Heimatstadt.

»Kein einziges Motiv von der Sainte-Victoire«, sagte Anna. »Das ist frustrierend.«

Ihr Mann gab ihr Recht. Die pensionierte Kunstlehrerin und der Hobby-Kunstexperte hätten mindestens eine Darstellung des kultigen Gebirges erwartet. Vor dem Gemälde der badenden Frauen *Les Baigneuses* standen sie lange.

Immer noch war Vorsaison, es gab keine Warteschlangen, kein Gedrängel. Die Skulpturensammlung gefiel besonders Anna gut. Die Jugendstil-Statue aus Alabaster einer jungen Frau faszinierte sie so, dass sie sich nicht losreißen konnte.

Gontard war schon um die Ecke verschwunden und strebte dem Ausgang zu. Nun mache ich Anna eine Freude und suche mal schon ein paar Kunstkarten aus, dachte er.

Als er gerade einige Motive, Cézanne-Gemälde aus anderen Museen, entdeckt hatte, blickte er kurz auf, ob Anna nicht schon nachkäme. Eine junge dunkelhaarige Frau im roten Kleid und eleganten goldenen Sandaletten stand an der Kasse des Museumsshops wenige Schritte von ihm entfernt. Aus ihrer goldenen schicken Umhängetasche holte sie einen ebenfalls goldenen Geldbeutel hervor. Gontard gab einen kleinen Laut des Erstaunens von sich, zum Glück unbemerkt. Es war ein Laut der Erleichterung. Sie lebte.

Im Nachhinein war er froh, dass er nach der Lektüre des Artikels im *Var-Matin* nicht der kurzen Aufforderung der Polizei nachgekommen war, sich als Zeuge zu melden und vielleicht zur Identifizierung der Toten auf die Polizeistation nach Brignoles zu fahren. Was hätte er auch beitragen können? Er hätte sich nur lächerlich gemacht. Nun hatte sich alles von selbst erledigt. Die Tote vom Flüsschen Caramy war nicht identisch mit der jungen Frau in der Abtei *Le Thoronet*.

Die Dunkelhaarige blickte ihm direkt ins Gesicht, vielleicht hatte sie doch etwas gehört. Nun erst fielen Gontard die großen dunkelbraunen Augen und die aparten hohen Wangenknochen auf, die hübsche, leicht gebogene Nase und der volle Mund mit der Unterlippe, die wie schmollend etwas vorgeschoben war. Der Blick war selbstbewusst, fast trotzig, und Gontard wurde plötzlich klar, dass er diesen Gesichtsausdruck nicht an einer erwachsenen Frau, sondern an einem sehr jungen Mädchen, einem Kind, gesehen hatte. Wann und wo in seinem langen Leben ihm dieses schöne Trotzgesicht schon einmal begegnet war, das hätte er allerdings nicht sagen können. Die Tür zu seinem Gedächtnis war fest verschlossen. Irgendetwas sagte ihm, dass es die Tür zum Langzeitgedächtnis war, das bekannterweise bei älteren Menschen blendend funktionierte. Ganz im Gegensatz zum Kurzzeitgedächtnis, das die Älteren ärgerte und foppte, zum Beispiel beim Suchen der eben erst weggelegten Brille oder des Autoschlüssels oder beim vergessenen Namen eines Schauspielers.

Dieses Nichtfunktionieren seines sonst so zuverlässigen Gedächtnisses für längst Vergangenes und vor allem für ein Gesicht aus seiner Vergangenheit beunruhigte ihn in hohem Maße. Wo blieb sein »Super Recogniser-Hirn«, wie Anna es genannt hatte?

Etwas fahrig nahm er wahllos einige Kunstkarten vom Kartenständer, bezahlte und hielt nach Anna Ausschau. Sie kam um die Ecke geschlendert. Die junge Unbekannte war verschwunden. Anna umarmte ihren Mann freudig, als er ihr die Kunstkarten präsentierte, und eingehakt verließen sie das Museum. In der Rue d'Italie unweit des Museums gönnten sie sich ein sehr gutes Muschelessen im Restaurant *Les Réfugiés*.

»›Die Geflüchteten‹ heißt das, stimmts«, vergewisserte sich Anna, die ehemalige Englischlehrerin, bei ihrem Mann, dessen Französisch dem ihren überlegen war.

»Ja, ein bisschen makaber, finde ich«, bestätigte Gontard.

»Vielleicht haben hier mal Emigranten Zuflucht genommen, du weißt schon, während der Nazizeit«, meinte Anna Gontard.

»Dafür ist doch eher ein anderer Ort hier in der Nähe berühmt geworden«, gab Gontard zu bedenken.

»Du meinst Sanary-sur-Mer?«, fragte Anna, und sie rief aus: »Du, ich hab eine Idee. Sollen wir morgen, also an unserem vorletzten Ferientag, noch mal einen Kulturbesuch machen? In Sanary waren wir noch nie, obwohl wir es uns immer schon vorgenommen haben. Auf den Spuren von Thomas Mann, Stefan Zweig, Lion Feuchtwanger und Walter Benjamin wollten wir doch schon immer wandeln, es hat sich nur nicht ergeben.«

Sie machte eine kleine Pause und sagte: »*Auch an blauen Tagen bricht das Herz.*«

Gontard schaute sie erschrocken an. Dieser Spruch passte gar nicht zur Positivdenkerin Anna.

»Das ist nicht von mir«, erklärte Anna. »Ich zitiere nur Hilde Domin, die ja auch vor den Nazis fliehen und ihre Heimat aufgeben musste.«

»Tieftraurig, dieses ganze Kapitel. Und immer wieder holt es uns ein. Wir gehören nicht zu den Verdrängern, wir zwei, oder?«

»Nein, manchmal aber wünschte ich, wir würden dazugehören«, sagte Anna. »Es lebt sich leichter ohne die Last der Geschichte.

Sollten wir uns zum Abschluss unseres Urlaubs nicht doch lieber ein lustigeres Ziel aussuchen? Könnten wir nicht nächstes Jahr auf den Spuren der Exilkünstler wandeln?«

Gontard schwieg. Anna konnte seine Gedanken erraten und beharrte nicht weiter auf einem lustigeren Ausflugsziel für den nächsten Tag.

Ja, er hatte Recht, man wusste nicht, ob es ein nächstes Mal geben würde, ein gemeinsames weiteres Jahr im Urlaubsparadies der französischen Riviera, der Provence mit ihren Düften und dem unvergleichlich blauen Himmel, der damals die Exilkünstler in diesen Garten Eden geführt hatte. In dieses Paradies, das keines war.

Während der Rückfahrt auf der Autobahn dachte Gontard an die junge Frau in Rot. Die Unbekannte war wohl nicht nur eine schicke junge modebewusste Frau, sondern auch eine »Qualitäts-Touristin«. Dieses merkwürdige Wort für kulturell interessierte Reisende hatte er neulich mal irgendwo gelesen. Sie war den schönen Künsten zugetan, vielleicht selbst eine Künstlerin? Er würde sie nie wiedersehen. Aber sie lebte, und vielleicht würde sich die Tür zu seinem Langzeitgedächtnis doch noch einen Spalt breit öffnen? Anna ging ihm voran, als sie am Ferienhaus ankamen. Sie öffnete, und im Gang schrillte das Telefon.

»Ach«, hörte Gontard seine Frau sagen.

Sie wiederholte nur mit schwacher Stimme: »Ach.«

Es war etwas passiert zuhause, und Gontard stand ungeduldig neben Anna.

»Ja, dann fahren wir morgen gleich heim. Gleich nach dem Frühstück. Wir sind dann gegen Abend in Hohenkirch.«

Sie legte auf und umarmte schluchzend ihren Mann.

»Es war Rosa Brehm. Belami ist überfahren worden.«

»Ist er schwer verletzt?« Gontard war kreidebleich geworden.

»Belami ist tot. Es ging ganz schnell. Er hat nicht leiden müssen. Das ist der einzige Trost.«

Anna führte ihren Mann zum Sofa im kleinen Wohnzimmer hin, das zur Terrasse hinausging.

»Setz dich mal zuerst. Ich mach uns einen Tee.«

Tee, das Allheilmittel der Gontards für Krisensituationen, war selbst im Frankreichurlaub ein unerlässliches Getränk.

Anna ging schweigend in die Küche, nicht ohne vorher einen sorgenvollen Blick auf ihren Mann zu werfen. Belami war sein Hund gewesen, viel mehr noch als ihrer. Lilli und die Kinder würden ihn mit ihrem Besuch vielleicht aufmuntern und ablenken. Die Gontards hatten einen lieben Hausgenossen verloren, eine treue Seele.

Eine andere treue Seele war untröstlich, das war Rosa Brehm, die langjährige Haushälterin. Die Gontards gehörten nicht zu den Pensionären, denen aus lauter Langeweile nichts Besseres einfällt, als ständig in der Weltgeschichte herumzureisen, dennoch mussten die Tiere versorgt und der Garten gegossen werden, wenn sie mal verreisten. Eine zuverlässigere Betreuerin als Rosa Brehm konnte man sich nicht vorstellen, und nun machte sie sich große Vorwürfe, dass Belami ihr ausgebüchst und, fast taub und blind wie er war, in ein Auto gelaufen war.

Am nächsten Morgen nach einem hastigen Frühstück brachen die Gontards auf. Sie passierten den kleinen Dorfladen *Chez Tante Anélie*, die *Mairie* mit ihrer *Tricolore* und dem mit Fähnchen geschmückten Rathausplatz, die kleine Kirche aus hellem Stein, den Dorfbrunnen.

Ein letzter Blick zurück, und zwischen Ginster, Weinbergen und Mohnwiesen entfernten sie sich in Richtung Norden.

Als Gontard einmal das Autoradio einschaltete, um die Verkehrsnachrichten zu hören, ertönte das Lied *Le Temps des Cerises*:

Il est bien court, le temps des cerises …

»Ja, sie ist wirklich kurz, die Zeit der Kirschen«, sagte Gontard.

»Und Sanary-sur-Mer dann im nächsten Jahr? Oder …?«

Anna führte ihren Satz nicht weiter. Es war besser so.

Im Radio ertönten die Zeilen:

Tombent sous la feuille comme en gouttes de sang …

Ja, dachte Gontard, das Lied aus der Zeit der französischen Kommune, das die Aufständischen sangen, bevor die Soldaten der Obrigkeit sie niederkartätschten. Wie Blutstropfen fallen sie ins Laub.

Er schaltete abrupt das Radio aus, und die Heimfahrt wurde schweigend fortgeführt. Jeder hing seinen eigenen Gedanken nach.

Einmal, in der Nähe von Baume-les-Dames im Jura, schien es Gontard, dass in dem schwarzen Mercedes mit Heidelberger Kennzeichen, das ihn überholte, eine dunkelhaarige Frau im roten Kleid neben dem blonden Fahrer saß.

Selbst wenn, sagte er sich. Es muss nicht meine Schöne sein. Aber dennoch versuchte er, seine Fähigkeiten zu aktivieren, um eine Antwort auf die Frage zu bekommen, wieso ihm dieses Gesicht so bekannt vorkam. Vergebens.

Anna neben ihm war eingeschlafen.

Es war am frühen Abend, als der VW-Bus der Gontards die Dorfstraße entlangfuhr und in die Höhenstraße einbog.

Kapitel 4 | Ein Abschied

Tatsächlich sah der Settermischling mit dem nussbraunen weichen Fell aus, als schliefe er, als die Gontards, zuhause angekommen, ihn im Garten beerdigten. Rosa Brehm, die versprochen hatte, auf die Ankunft der Gontards zu warten, stand immer noch schuldbewusst neben dem Grab, das Gontard aushob.

Anna und Gontard streichelten noch einmal über Belamis seidiges Fell und wickelten ihn in seine karierte Lieblingsdecke ein, versenkten ihn im kleinen Grab.

»Nun haben wir bald einen Friedhof der Kuscheltiere«, bemerkte Anna.

Der weiße große Zottelhund Willi war vor elf Jahren ebenfalls hier begraben worden, unter der Marmorstatue mit dem Putten-Engelchen. Der Putto bewachte neben den geliebten Haustieren auch die sterblichen Überreste von Vögeln, Mäusen und Igeln, die Lilli damals nach Kinderart beerdigt hatte, oft mit einer feierlichen Zeremonie im Kreise ihrer Freundinnen.

Gontard hatte diesen Engel, vermutlich die Säule eines Kindergrabsteins, einmal vor vielen Jahren bei einem Trödler im badischen Odenwald entdeckt. Makaber und gruselig war die Vorstellung schon, dass der Putto einmal in der Ecke eines Friedhofs gestanden hatte, wo sich Kindergräber befanden. Aber die Gestalt des Engels, der steinerne Blumen streute, war eine solch kunstvolle Steinmetzarbeit, dass Gontard damals dem Kauf nicht hatte widerstehen können.

Nachdem die Gontards der immer noch leise schluchzenden Rosa Brehm zum hundertsten Mal beteuerten, dass sie ihr keine Vorwürfe machten und dass auch ihnen selbst Belami hätte ausbüchsen und somit ein trauriges Ende finden können, gingen sie zu dritt ins Haus und unterhielten sich lange, obwohl die Gontards müde waren von der langen Rückreise im Auto.

»Ob wir wieder einen Hund haben werden?« Annas rhetorische Frage wurde mit einem unschlüssigen Achselzucken ihres Mannes beantwortet.

»Warten wir ab. Vorerst noch nicht«, sagte er dann. »So schnell ist Belami nicht zu ersetzen.«

Man ging nun zu den Dingen über, die üblicherweise nach einer Reise anfallen, und Rosa Brehm verabschiedete sich. Der schwarze Kater Heinz kam um die Ecke geschlichen, strich schnurrend an den Beinen seiner Besitzer entlang und holte sich Streicheleinheiten ab. Dann ging er schnurstracks in die Richtung, in der die Tierkörbe nebeneinanderstanden. Doch statt sich in seiner eigenen Behausung niederzulassen, machte er es sich im verwaisten Hundekorb gemütlich. Anna und Gontard schauten sich fragend an.

»Wieder ein Beweis für die egoistische Katzennatur«, sagte Gontard. »Diese Stubentiger sind doch immer nur aufs eigene Wohlbefinden aus.«

»Vielleicht ist das aber die Art, wie Katzen um einen Freund trauern«, sagte Anna. »Wer kann schon in eine Katzenseele blicken?«

»Und nun haben wir zumindest vorläufig einen Ersatzhund«, meinte Gontard.

Er schaute auf den Riesenberg von Post.

»Die Rechnungen können wir noch morgen früh öffnen«, sagte er. »Komm, lass uns zu Bett gehen. Es war eine lange Fahrt.«

Irgendwann mitten in der Nacht erwachte Friedrich Gontard aus einem beunruhigenden Traum, in dem eine bleiche junge Frau unter Trauerweiden in einem Fluss trieb. Die Tote war mit bunten Blumen bestreut: Margeriten, Klatschmohn und Kornblumen.

Ophelia, dachte der träumende Mann. Wie komme ich auf Ophelia? Das rote Kleid der still im Wasser Treibenden und das schwarze Haar, welches ihr schönes blasses Gesicht umrahmte, belehrten ihn eines Besseren. Das war nicht Ophelia, sondern die Tote im Flüsschen Caramy.

Kornblumen, Klatschmohn, Margeriten. Blau-weiß-rot, die Farben der Tricolore, dachte Gontard und fragte sich, ob er je erfahren würde, wie die junge Frau zu Tode gekommen war, doch er schlief bald wieder ein, übermannt von wohltuender, bleierner Müdigkeit.

Kapitel 5 | Lichtblick

Als Gontard am nächsten Morgen die Post durchging, erhellte sich seine Miene.

Anna bemerkte es und freute sich insgeheim. Sie hoffte, ihrem Mann würde es gelingen, sich nach dem Verlust des geliebten treuen Hundes ein ganz klein wenig ablenken zu können.

»Oh, eine Kunstauktion bei Metz in Heidelberg«, rief er aus. »Schon morgen.«

Er blätterte den edel gestalteten Hochglanzkatalog durch.

»Die Vorbesichtigung habe ich natürlich verpasst«, sagte er bedauernd.

»Dann ist der Überraschungseffekt größer, oder?«

Anna kannte die Leidenschaft ihres Mannes für schöne alte Objekte, für Porzellan, Möbel und Gemälde und andere Antiquitäten zur Genüge. Diese Leidenschaft, die sie nicht selten kopfschüttelnd als verrückte Sammelwut bezeichnete, hatte sich seit der Pensionierung des ehemaligen Kripochefs noch gesteigert.

»Die Jagd nach bösen Buben und Mädchen hat dem Jagdfieber nach altem Krimskrams Platz gemacht«, lästerte sie dann.

»Hättest du lieber einen anderen Jäger? Einen, der Jagd auf arme Tiere macht? Oder gar einen Schürzenjäger?«, hatte Gontard einmal gekontert. Keine der beiden Alternativen konnte Anna jedoch begeistern, und so übte sie sich in Toleranz und akzeptierte das »harmlose Suchtverhalten« ihres Mannes, wie sie es auch gerne nannte.

»Diesmal sind einige Exponate dabei, die aus dem Nachlass eines Industriellen stammen. Unter anderem Gemälde aus den 20er und 30er Jahren.«

Er blätterte hastig im Katalog und sagte enttäuscht: »Keine Abbildungen davon, schade.«

»Das ist doch besonders prickelnd, oder? Ein Abenteuer wartet vielleicht auf dich, Friedrich.«

Gontard durchschaute den psychologischen Schachzug seiner Frau. Nach fast vierzig Jahren gemeinsamen Zusammenlebens lässt man sich nicht mehr so leicht düpieren. Aber sie meint es ja gut, dachte er. Und es stimmt. So alt ich auch bin, so traurig mich Belamis Tod macht, ich freue mich diebisch auf morgen, wie ein kleines Kind auf Weihnachten. Und vielleicht erlebe ich auf meine alten Tage ja doch noch ein Abenteuer. Ein Jagdabenteuer der besonderen Art. Ein seltenes Sammlerstück vom Allerfeinsten: eine Augustus Rex-Tasse aus dem frühen 18. Jahrhundert? Einen edlen Barockschrank aus der Werkstatt von Röntgen? Eine Elfenbeinstatue von Leonhard Kern?

Träume weiter, schalt er sich und beschloss, den Katalog beiseitezulegen und nicht weiter zu forschen. Die Vorbesichtigung hatte er sowieso verpasst, nun wollte er sich ganz und gar dem Überraschungseffekt überlassen.

»Kommst du mit zur Auktion?«, rief er hinüber in die Küche, wo Anna hantierte.

»Ach nein, es ist noch so viel zu tun. Wäsche waschen, und der Garten sieht auch reichlich verwildert aus. Und du bist der Jäger und Sammler. Ich bin doch für das Häusliche zuständig. So will es die Evolution nun mal.«

Sie klang reichlich ironisch, die Stimme seiner Frau, und er gab ihr ebenso ironisch Recht.

»Ja. Naturgesetze sind eben mal Naturgesetze.«

Anna kam mit einem kleinen Tablett aus der Küche.

»Englischen Tee für uns beide?«

»Oh, ein neues Tablett?«, fragte Gontard.

»Ja, ich hab es im Museumsshop in Aix erstanden.«

»Ein wenig abgedroschen, das Cézanne-Motiv, das Stillleben mit den Orangen«, meinte Gontard kritisch. »Aber so geht es den großen Kunstwerken halt nun mal. Sie werden auf Servietten, Bettwäsche, Tassen und Nachttöpfen abgedruckt. Da lob ich mir die unbekannten Maler. Die zu Unrecht wenig beachteten Kunstwerke.«

»Ach, du Nörgler. Du Experte. Du Sammler, du.«

»Höre ich da einen verächtlichen Unterton?«, fragte Gontard und nippte an der großen Henkeltasse mit dem heißen Tee. Er stutzte.

»Und die Tasse hast du auch noch kaufen müssen? Und gleich zweimal?«

»Ja, das Haus von Cézanne. Ich konnte nicht widerstehen. So wie du nicht widerstehen kannst, wenn du was schönes Altes siehst auf deinen Antikmärkten und Kunstauktionen.«

»Gewonnen«, gab Gontard zu. »Nun sind wir wieder mal quitt. Und …«

»Und?« Anna runzelte fragend die Stirn.

»Und du hast mal wieder das letzte Wort gehabt.«

»Ja, wirklich?«

Zufrieden betrachtete Anna ihre neue Teetasse mit dem Cézanne-Motiv, bevor sie sich Tee eingoss.

Versonnen drehte sie die Tasse um und las *Maison au toit rouge. 1887-1890.*

»Ist es nicht geheimnisvoll, dieses Haus mit dem roten Dach und in den Farben Blau und Grün und Gelb?«

Ein wenig sehnte sie sich in die Provence zurück, aber sie behielt ihre nostalgischen Gedanken für sich. Es war besser so.

Kapitel 6 | Jagdfieber

»Mal sehen, vielleicht bringe ich was Schönes für dich mit, Anna«, sagte Gontard, bevor er sich am nächsten Tag aufmachte, um nach Heidelberg zu fahren. »Da war auch einiges an Schmuck dabei, wie ich beim Überfliegen des Katalogs gesehen habe. Cameebroschen sind mir aufgefallen.«

»Oh, Drachenfutter für die Gattin?«, scherzte Anna. »Das ist nicht unbedingt nötig, ich hab schon so viele Pretiosen bekommen von deinen Raubzügen.«

»Naja, ich hab ja auch nur ›vielleicht‹ gesagt«, erwiderte Gontard. »Man weiß eh nie, wie es läuft.«

»Viel Glück«, rief Anna ihm nach, aber er war schon verschwunden.

Wieder mal nicht zu bremsen, mein Jäger und Sammler, dachte sie und schnappte den großen Wäschekorb mit ungewaschenen Badetüchern, Bettzeug und Urlaubsklamotten, um in den Keller zu gehen. Heinz strich um ihre Beine, schnurrend.

»Du fühlst dich ein bisschen einsam ohne Belami, armer alter Kater, oder?«

Sie nahm ihn hoch und streichelte sein schönes schwarzes Fell.

Bei der Autofahrt von Hohenkirch nach Heidelberg ertappte sich Gontard bei dem Gedanken, abends noch mit Belami einen großen Spaziergang im Wald oben zu machen. Es würde noch eine Weile dauern, bis er den Tod des treuen Hausgenossen verkraftet hätte.

Im Auktionshaus in der Kurfürstenanlage war heute nicht ganz so viel Betrieb wie sonst. Die Ferien in den nahen Bundesländern Rheinland-Pfalz und Hessen hatten begonnen, und das Sommerloch machte sich schon ein wenig bemerkbar, obwohl im badischen Heidelberg die Sommerferien noch auf sich warten ließen.

Weniger Publikum, das hieß automatisch weniger Konkurrenz und weniger Mitbieter, falls man ein interessantes Sammlerstück entdecken würde. Und größere Aussichten, dieses »Etwas« zugeschlagen zu bekommen.

Gontard traf gleich am Eingang zum Auktionshaus einen Bekannten, der Spezialist für Grafiken und Gemälde war. Harald Brunner besaß eine atemberaubende Sammlung von Stichen, Ölgemälden und Aquarellen.

Die Stiche, so wusste man in Sammlerkreisen, hatte er in Schubladen und Kisten übereinandergestapelt. Seiner Wohnung in der Heidelberger Altstadt fehlte es an Platz, um alle Schätze zu präsentieren. Alles hing schon dicht an dicht.

Dieser Prototyp des Sammlers machte stets einen fröhlichen Eindruck. Harald Brunner, ein Mittsechziger, wirkte in seiner Schlankheit und mit seinem noch vollen graublonden Haar ausgesprochen jugendlich. Außerdem verhalf ihm die neue Brille mit dunklem Rand, wie Gontard feststellte, zu einer nicht ganz berechtigten intellektuellen Ausstrahlung. Brunner war zwar ein Experte auf dem Gebiet der Antiquitäten, aber gelegentlich offenbarte er geradezu peinliche Bildungslücken. Politisch naiv und immer zu Scherzen aufgelegt, wusste man nie, woran man bei ihm war. Früher war er wohl der notorische Klassenclown gewesen, und ganz hatte er diese Rolle auch im reiferen Alter nicht abgelegt.

»Ich sammle nicht des Besitzes wegen, ich sammle, um zu bewahren und vorm Vergessen zu retten«, hatte er einmal Gontard gegenüber geäußert.

»So ähnlich sehe ich das auch«, gab Sammlerfreund Gontard ihm Recht. »Man muss sich ab und zu rechtfertigen vor Leuten, die einem Geld- und Besitzgier vorwerfen. Obwohl man zugeben muss, dass wir schon ein bissel verrückt sind, wir mit unserem Sammelfieber.«

»Damit kann ich leben, du nicht, Friedrich?« Und Brunner grinste ihn dabei fröhlich an.

Heute war Harald Brunner sichtlich nervös.

»Auf die Brüning-Sammlung bin ich gespannt, du nicht auch?«

Gontard musste zugeben, dass er diesmal sehr unvorbereitet auf die Auktion war, da er und Anna erst vom Urlaub heimgekommen waren und er den Katalog nur ganz flüchtig angesehen und die Vorbesichtigung verpasst hatte.

»Horst und Edda Brüning, das Industriellenpaar aus Ladenburg«, half ihm Brunner auf die Sprünge. »Das Ehepaar hat viel Porzellan, viele Gemälde und Möbel gesammelt. Heute wird der Nachlass versteigert. Lass uns reingehen«, sagte er und schubste den Sammlerfreund vor sich her. »Die Auktion fängt gleich an.«

Eine sehr korpulente Frau Ende 50 saß vor Gontard und Brunner. Ihr schwulstiger Hals mit dem Doppelkinn war umschlungen von einer mehrreihigen Perlenkette. Dazu passender Schmuck baumelte an ihren Ohren. Als sie die Hand zum sorgfältig ondulierten Haar erhob, um eine Locke zurechtzuzupfen, fiel an ihrer Hand ein dicker Smaragd auf.

Anita Müller-Baum war bekannt in kurpfälzischen Sammlerkreisen für ihre manische Suche nach alten Schmuckstücken. Eine Suche, die zur Sucht geworden war. Sie war bei allen Auktionen zugegen und ersteigerte ausschließlich Schmuck, niemals etwas anderes.

Eine, die auf Besitz aus ist, nicht auf Bewahren, oder täusche ich mich, dachte Gontard, der hinter der dicken Dame saß und dabei versuchte, ihr aufdringlich süßliches Parfüm zu ignorieren, das ihm in die Nase stieg.

Harald Brunner neben ihm schienen ähnliche Gedanken zu bewegen, denn er nahm sein Taschentuch heraus und nieste kräftig, vielleicht in voller Absicht.

Gontard hätte es dem immer zu Spaß aufgelegten Mann zugetraut.

Anita Müller-Baum drehte sich nach hinten um und schaute Brunner pikiert an. Der grüßte die dicke Dame mit freundlicher Miene. Sie fiel auf die Komödie herein, denn mit einem versöhnlichen Kopfnicken grüßte sie zurück.

Welch ein Charmeur, dachte Gontard. Wenn Anita Müller-Baum hier ist, schwindet die Aussicht, dass ich für Anna »Drachenfutter« mitbringe. Die räumt alles ab, was es an schönem Schmuck zu ersteigern gibt.

Er wurde in seinen Gedanken von einem Geraune und durch Unruhe im Publikum unterbrochen. Der Auktionator und seine Assistentin betraten die Szene, und das Abenteuer konnte beginnen. Harald Brunner und Friedrich Gontard sahen sich an, und wäre Anna anwesend gewesen, sie hätte das Flackern in den Augen ihres Mannes wahrgenommen, das Flackern des Jägers und Sammlers, und sie hätte die leicht zitternden Hände von Harald Brunner bemerkt, und gewiss hätte sie sich eine ironische Bemerkung nicht verkneifen können. Oder sie hätte diplomatisch geschwiegen und ihren Mann von der Seite her angelächelt, nicht ohne einen leicht spöttischen Zug um den hübschen Mund.

Kapitel 7 | Die Tote am Neckar

Versteckt hinter den vom Sonnenlicht durchfluteten Bäumen am Fluss des malerischen Städtchens Ladenburg trafen sich indessen ein Mädchen und ein junger Mann an ihrem Lieblingsplatz. Das Abitur war gerade bestanden, und das Pärchen genoss nun das Leben in vollen Zügen.

Partys, Partys, mit Freunden, aber am liebsten diese Party zu zweit, und am liebsten am hellen Tag. Am Nachmittag. Ein Radfahrer huschte ganz nah an ihnen vorbei. Eine alte Dame, ebenso kurzatmig wie ihr überfütterter Dackel, war durchs Grasgestrüpp hindurch zu erkennen. Die beiden Turteltauben kicherten, ließen sich nicht stören im beginnenden Liebesspiel. Wieder zwei Radfahrer, ein Mann und eine Frau, die das Pärchen wahrnahmen, aber diskret wegschauten, dann eine ganze Weile niemand mehr. Es war sehr heiß, und die Menschen bevölkerten die Schwimmbäder, oder sie blieben in ihren Gärten, im Schatten ihrer Terrassen und ihrer Häuser. Eva und Sebastian vergaßen die Welt um sich herum.

Vor allem das Mädchen war gefangen im Augenblick. Es vernahm nicht das Motorengeräusch des sich nähernden Wagens, nicht das leise Schlagen einer Autotür, nicht das Öffnen des Kofferraums, nicht das Knistern der Äste unweit ihres Lieblingsplatzes. Nicht die heranschleichenden Schritte, nicht das merkwürdige Atmen der Person dicht hinter ihnen, nicht die Schritte, die sich wieder entfernten, nicht das leise Brummen des Motors, auch nicht das

Wegfahren des Wagens. Der junge Mann löste die Umarmung, beide fielen stumm nebeneinander ins Gras. Die Finger des Mädchens suchten eine Haarsträhne des Jungen, der Junge streichelte den Arm des Mädchens.

Sie schlossen beide die Augen, beider Atem wurde ruhiger, dann hob das Mädchen den Blick nach oben zum Himmel, an dem ein Wolkenberg sich auftürmte, kuriose Gestalten bildend, die sich bald in andere kuriose Gestalten verwandelten und sich auflösten. Der Junge neben ihr war eingeschlafen. Das Mädchen strich zart über die Wange des schlafenden Jungen, lächelte und schloss ebenfalls wieder die Augen.

Die leblose Gestalt im Gebüsch unmittelbar hinter dem Liebespaar blieb für lange Zeit unbeachtet. Fliegen begannen, sich für sie zu interessieren. Schillernde grünblaue Fliegen. Sie setzten sich auf den vollen Mund der toten Frau, aufs dunkle Haar und die Hände, die sich nicht mehr regen konnten, um die Plagegeister abzuwehren. Der linke Nasenflügel ließ es sich gefallen, dass die frechste der Fliegen sich auf ihm niederließ. Kein Zucken wehrte den ungebetenen Gast ab.

Der hauchzarte Stoff des roten Sommerkleids der Toten wurde von einem leichten Windstoß bewegt, der vom nahen Fluss herkam. Auf der Schnalle der goldfarbenen Sandalette am linken Fuß der toten jungen Frau krabbelte ein Käfer. Am rechten Fuß der Toten fehlte der Schuh. Immer mehr Fliegen versammelten sich an der Stelle des toten Körpers, wo Flüssigkeit sich absonderte, rot und klebrig, langsam in den Waldboden sickerte.

Am Ufer glitt ein Schwanenpaar elegant durch die Wellen.

Das Brummen der Fliegen, die aufgeregte Geschäftigkeit der Insekten, das tuckernde Geräusch eines Schiffs auf dem nahen Fluss, das sanfte Säuseln des Windes in den silbrigen Blättern der Pappeln, das Plätschern der Wellen gegen Steine, all dies nahmen die beiden im hohen Gras Schlafenden nicht wahr, noch weniger die Schläferin im Gebüsch.

Der breite rote Streifen am Hals der Toten und die klaffende hässliche Wunde waren mittlerweile dicht von grünschillernden Insekten besetzt, die sich labten an diesem unerwartet servierten Festmahl. Die Augen der Toten waren weit aufgerissen. Die dunkelbraunen Pupillen starrten gen Himmel, wie um Hilfe suchend. Doch von da oben war keine Hilfe zu erwarten.

Die Augenlider des schlafenden Mädchens flackerten unmerklich, es blickte zu dem Jungen, der neben ihr lag, den Mund weit geöffnet. Wie lächerlich er auf einmal aussieht, dachte das Mädchen. Doch es wollte sich den Gedanken nicht eingestehen, denn es wollte den Zauber der Party zu zweit bewahren. Eva war ein romantisches Mädchen, eine selten gewordene Art. Eine Außenseiterin unter ihren Altersgenossinnen, den Coolen und Lässigen. Wie um den hässlichen Gedanken zu verjagen, strich sie über die Stirn des Jungen, der unter der Berührung erwachte und zu ihr hinüberlächelte, ihre Brust berührte, ihren Mund plötzlich stürmisch küsste. Sollte das Spiel aufs Neue beginnen? Das Mädchen wehrte leicht ab. Der Junge wurde leidenschaftlicher, beachtete das Sträuben des Mädchens nicht. Das Mädchen wollte etwas sagen, der Junge verschloss ihm den Mund mit Küssen, war dabei, sich zum Herrn des Spiels zu machen. Aus den Augen des Mädchens fielen Tränen ins Gras, die Gesten des Jungen wurden heftiger, er genoss nun seine Macht. Es war ein neues, vorher nie gekanntes Gefühl für ihn. Das Mädchen unter ihm hatte es aufgegeben, Widerstand zu leisten. Resigniert ließ es alles geschehen, ernüchtert und enttäuscht.

Eine desillusionierte Romantikerin. Es ist das Ende, ich will ihn nie mehr sehen, danach, dachte sie. Sie nahm plötzlich das hektische Summen von Fliegen wahr. Durchs Gebüsch hindurch schimmerte etwas, das aussah wie ein weißer Arm. Gespreizte starre Finger.

Der Junge schrie kurz auf, fiel über dem Mädchen zusammen, auch das Mädchen schrie, aber es war ein Schrei des Entsetzens.

Der Junge, der nun wieder er selbst war und nicht mehr das wilde Tier, das er in sich entdeckt hatte, sah nun auch dieses weiße Etwas aus den Büschen ragen.

Beide, der Junge und das Mädchen, näherten sich mit noch zittrigen Beinen der Stelle, woher das Fliegengesumm kam, wo der Menschenarm durch die Äste hindurchschimmerte. Gleichzeitig erblickten sie die klaffende Wunde am Hals der Toten. Keiner schrie. Voll stummen Entsetzens gingen sie langsam rückwärts, schlichen zu ihrem Lieblingsplatz zurück.

»Wir haben nichts gesehen oder gehört«, sagte der Junge. Es war ein Befehl. Das neu gewonnene Machtgefühl erhob ihn auch jetzt zum Herrn des Spiels. Zum Herrscher. Doch leise, fast widerwillig stieß er hervor: »Sorry wegen … eben.«

Das Mädchen rollte wortlos die Decke zusammen. Es war seine Decke, und sie war an einer Stelle blutrot befleckt. Dann verließ es immer noch wortlos den einstigen Lieblingsplatz, der nun keiner mehr sein würde. Nie wieder. Der Junge bewegte sich in die entgegengesetzte Richtung.

Wie traumwandlerisch ging Eva, die Wolldecke unter den Arm geklemmt, an den Gärten der Altstadt vorbei. Der aufdringliche, betäubende Duft von Jasmin drang in ihre Nase, sie roch den Lavendel, der am Aufblühen war, sog die Düfte der vielen Rosen ein, die jenseits einer alten Gartenmauer in dichter Reihe standen.

Das Mädchen war sich noch unschlüssig, ob es die Polizei benachrichtigen sollte. Anonym, mit verstellter Stimme. Von einer Telefonzelle aus. Als sich Eva in dieser Nacht schlaflos im Bett wälzte, fasste sie den Entschluss, den Fund zu melden. Weil es ihre Pflicht war. Weil sie es sich und ihrem Stolz schuldig war. Weil sie ihm den Triumph nicht gönnte. Es war auch ein Sieg über ihre eigene Schüchternheit und Verzagtheit.

Ein Sieg über sich selbst. Sie schlief mit einem leichten Lächeln auf den Lippen ein.

Kapitel 8 | Die Auktion

In diesem heißen Sommer, der nur vom »Jahrhundertsommer« des Vorjahres überboten wurde, saß Gontard wie fiebernd im Auktionsraum des renommierten Heidelberger Kunsthauses und fragte sich, ob es stimmte, dass Sammler glückliche Menschen sind, wie Goethe es einmal ausgedrückt haben soll. Aber dem Dichterfürsten wurden so viele mehr oder weniger kluge Sätze untergeschoben, dass er Zweifel bekam, ob er den Satz nicht selbst einmal geträumt hatte.

Harald Brunner neben ihm rutschte nervös auf seinem Sessel hin und her, Schweißperlen standen auf seiner Stirn. Ja, es war das Jagdfieber des Sammlers, aber auch die Tatsache, dass die Medien seit dem legendären Sommer des Vorjahrs 2003 auffallend oft von einem Klimawandel berichteten. Angeblich nahm die mittlere Sonnenscheindauer um etwa 100 Stunden pro Jahr zu. Harald Brunner war heute, wie es Gontard schien, vor allem wegen des Nachlasses der Brünings gekommen. Kurz bevor der Auktionator und seine hübsche Assistentin den Raum betraten, hatte Brunner ihm zugeflüstert, es sei mit einem verschollenen Cézanne-Gemälde zu rechnen, das sich in der Kunstsammlung des Industriellenpaars befand. Und er hatte mit geheimnisvollem Unterton noch ergänzt: »… von zweifelhafter Provenienz. Will sagen: echt, aber …«

Gontard wusste, weshalb Brunner es bei dem Halbsatz beließ, denn gerade in letzter Zeit waren wieder auf dem internationalen Kunstmarkt Gemälde und Skulpturen aufgetaucht, die als

»Nazigut« bezeichnet wurden. Widerrechtlich erworbene Kunstwerke, die den ursprünglichen jüdischen Besitzern weggenommen worden waren. Enteignet zum Wohle des Volkes. Es waren oft ausgerechnet die Nazibonzen, die öffentlich die sogenannte »entartete Kunst« brandmarkten, selbst aber heimlich diese »perversen, artfremden jüdischen Kunstwerke« horteten.

Da man bei Harald Brunner nie wusste, woran man war, hielt Gontard dessen Mitteilung bezüglich eines »verschollenen Cézanne-Gemäldes« für einen kleinen Scherz des ehemaligen Klassenclowns.

Die stark geschminkte, exotisch wirkende und sehr hübsche Assistentin brachte Gegenstand um Gegenstand in den Auktionsraum, stöckelte auf Absätzen, die abzubrechen drohten, elegant und hüftschwingend vor dem Publikum auf und ab, das jedoch kaum Sinn für die Erotik der jungen Dame – der Auktionator nannte sie »liebe Amira« – zu haben schien.

Alle Blicke hingen gebannt an den toten Pretiosen, die Amira im hautengen smaragdgrünen Sommerkleid die Schau stahlen.

Zwischen den Pausen, die entstanden, wenn Amira eine neue Rarität holte und lächelnd präsentierte, musterte Gontard verstohlen seine potentiellen Konkurrenten im Publikum.

Ein junger Mann hatte im letzten Augenblick vor Beginn der Auktion neben Anita Müller-Baum Platz genommen, ein wenig außer Atem.

»Das ist ihr neuer Liebhaber«, flüsterte Harald Brunner, der über die intimen Interna der Heidelberger und Kurpfälzer Sammlerszene bestens Bescheid wusste. Er war klatschsüchtig und scheute sich nicht, die eine oder andere Skandalgeschichte zu kolportieren. Diskretion war nicht seine Stärke.

Brunners Grinsen verriet seine Gedanken, die auch mehr oder weniger Gontards Gedanken waren: Was wohl diesen blendend aussehenden blonden jungen Mann veranlasst hatte, sich ausgerechnet diese füllige, mit Klunkern behangene Matrone als

Objekt der Begierde auszusuchen? Es war nicht schwer zu erraten.

Das wandelnde Klischee, dachte Gontard. Die steinreiche ältere Frau und ihr schnöseliger Gigolo, den die reine Liebe antrieb, nichts als die Liebe.

»Er heißt Cornelius Schenck«, flüsterte Harald Brunner und grinste wieder.

Ein kleiner, zierlicher Herr, der ziemlich verspätet mitten ins Auktionsgeschehen hineinplatzte, seinen Katalog zusammengerollt hochhielt und offenbar nach jemand Ausschau hielt, dabei immer wieder mit dem Katalog in der Luft herumfuchtelte, sorgte für Erheiterung, als der Auktionator ihn irrtümlich für einen Mitbieter hielt. Der Bronze-Herkules sollte gerade einem Bieter zugeschlagen werden, der sich einen erbitterten Zweikampf mit einer attraktiven Rothaarigen lieferte, die wohl ebenso versessen war wie er, die Jugendstil-Statue zu ergattern. Doch der fuchtelnde kleine ältliche Herr wurde vom Auktionator wahrgenommen, der gerade noch rechtzeitig seinen Irrtum bemerkte und, ärgerlich über das spöttelnde Gekicher im Publikum, innehielt, bevor er den Hammer aufs Pult niedersausen ließ.

Sogar die zwei Protokollanten mittleren Alters in ihren adretten Nadelstreifenanzügen, die links und rechts vom Auktionator saßen, schmunzelten vor sich hin.

Ach, dachte Gontard belustigt, das ist wie in der einen Folge von *Inspektor Columbo*, wo der immer zerstreut wirkende kleine Inspektor im unvermeidlichen Trenchcoat in eine Kunstauktion hineinplatzt und, den Katalog schwenkend, für ähnliche Irritationen sorgt wie dieser schmächtige Herr da vorne. Verlegen und über und über rot setzte sich der verspätete Auktionsgast auf einen Sessel, indem er sich immer wieder suchend im Raum umsah.

»Dort drüben sitzt der Neffe der Brünings«, flüsterte Harald Brunner. »Der Alleinerbe. Die waren kinderlos, Edda und Horst Brüning, und es gibt nur diesen einen Neffen.«

Er deutete mit dem Finger direkt und indiskret, wie es seine Art war, auf einen graublonden Mann um die 50, nachlässig, ja fast schäbig gekleidet, der sehr ernst dreinblickte. Er sah aus, als ob er das Erbe gut gebrauchen könne.

»So ein Pokerface«, meinte Brunner abschätzig. »Der lacht nur im Keller. Aber vielleicht ändert sich das, wenn er das einheimsen kann, was da so anfällt für ihn. Allein der Cézanne …«

Er hielt inne, weil einige Leute sich verärgert nach ihm umdrehten, und wieder stand ein breites Grinsen auf seinem Gesicht. Es galt wohl dem Cézanne-Gerücht.

Anita Müller-Baum, händchenhaltend mit ihrem Gigolo, hatte schon drei Schmuckstücke ersteigert: ein Biedermeierarmband, eine Cameebrosche, die angeblich Theresia von Bayern gehört hatte und ein Diamant-Ohrgehänge mit passendem Ring, einst im Besitz der Großherzogin Luise aus dem Hause Hessen-Darmstadt. Nach jedem der drei Zuschläge beugte sich der blonde Liebhaber zu der beglückten Sammlerin hinunter und hauchte ihr einen Kuss in den feisten Nacken. Wohl eine ihrer erogenen Zonen, denn sie kicherte und gurrte wie eine Taube.

Ekelhaft, dachte Gontard und schaute weg, peinlich berührt. Nun verkündete der Auktionator, dass das Highlight der heutigen Auktion nun zur Versteigerung käme: die Pretiosen aus der Sammlung Edda und Horst Brüning aus Ladenburg.

Ein Raunen ging durch das Publikum. Es wurde totenstill im Saal.

Man hatte das Gefühl, dass einige Sammler förmlich den Atem anhielten. Eine Atmosphäre sakraler Feierlichkeit herrschte im Auktionsraum. Die Sammelleidenschaft, eine Ersatzreligion, dachte Gontard. Anna hat Recht, wenn sie einen meiner Sammlerfreunde spöttisch den Hohepriester nennt, weil er, wenn er seine auf einem Antikmarkt erworbenen Schätze zeigt, so feierlich aussieht und spricht, als würde er eine Messe zelebrieren.

Anita Müller-Baum kraulte ihrem Beau den Nacken. Gleich

fängt er an, wie ein Kater zu schnurren, der schöne Cornelius, dachte Gontard amüsiert.

Mittlerweile hatte sich ein junger, sehr schlanker Mann vorne am Tisch des Auktionators eingefunden. Er unterstützte Assistentin Amira beim Präsentieren der zum Teil großformatigen Gemälde, die nun zur Versteigerung kamen.

Gontard war enttäuscht von den bisher gezeigten »Highlights«. Kein einziges Sammlerstück aus dem Brüningschen Nachlass sprach ihn an oder bewegte ihn zum Mitbieten. Er rührte keinen Finger bei den beiden alpenländischen Genreszenen aus der 2. Hälfte des 19. Jahrhunderts. Und noch weniger bei den drei schwülstigen Haremsszenen im Makart-Stil aus der gleichen Malepoche, einer Versammlung korpulenter orientalischer Weiblichkeit: Odalisken, die sich vor ihrem Herrn und Gebieter, einem ebenfalls rundlichen Sultan, in aufreizenden Posen darboten.

Alle fünf Gemälde gingen an einen untersetzten Herrn Ende 60, der mit seinen hinter den Ohren mit Pomade zurückgekämmten längeren grauen Haaren, der Fliege überm fliederfarbenen Seidenhemd und dem dicken blauen Siegelring, weithin sichtbar beim Bieten, in der dritten Reihe saß. Die Vorliebe dieses Kunsthändlers für Alpenländisches und für Salon-Schwulst war kein Geheimnis. Ein zufriedenes, ja selbstgefälliges Lächeln stand im Gesicht von Gero von Sedlmayer, in der Kurpfälzer Sammlerszene bekannt unter dem Namen »der Berchtesgadener«. Da es an Mitbietern gefehlt hatte, bekam er die fünf Gemälde für einen Spottpreis zugeschlagen.

»So ein alter Fuchs«, spöttelte Harald Brunner. »Der wird in seinem Geschäft für die Schinken das Vierfache einheimsen.«

Die Miene des Alleinerben, so konstatierte Gontard verstohlen, zeigte hingegen mehr Frust als Freude.

»Das Pokerface hat Gefühle«, flüsterte Harald Brunner.

»Der Neffe ist sauer. Wenn das so weitergeht mit dem Nachlass …«

Die Stimme des Auktionators verkündete nun den nächsten Hit mit dem knappen Hinweis: »Ein signiertes Gemälde aus dem Jahr 1936.«

Die schöne Assistentin Amira und ihr junger Helfer brachten ein relativ großes Gemälde, wobei Amira ihre weiblichen Reize spielen ließ und kokett ins Publikum blickte. Offenbar nicht ohne Wirkung auf den Begleiter von Anita Müller-Baum, denn ein klatschendes Geräusch, verursacht durch einen Klaps des zusammengerollten Auktionskatalogs auf den Arm ihres Gigolos und ein strafender Blick verrieten, dass Cornelius Schenck in seine Schranken verwiesen werden sollte.

Oh, Madame ist wohl sehr eifersüchtig, dachte Gontard. Harald Brunner, dem nichts Zwischenmenschliches zu entgehen schien, stieß ihn heimlich in die Seite und verzog mokiert den Mund.

Mit einem gekonnt einstudierten Schwung wie bei einer Zaubervorstellung zogen die beiden, Amira und ihr schlanker junger Helfer, nun das goldgelbe Samttuch von dem Gemälde.

Ein »Ah« und »Oh« ging durch den Raum. Das Publikum erblickte ein reizendes Kinderbildnis: ein dunkelhaariges Mädchen, auf einem Stuhl sitzend gemalt, mit einem Kleid aus roter Seide angetan, etwa sieben oder acht Jahre alt, vielleicht auch ein wenig älter, schaute aus dem goldverzierten Rahmen. Das Kleidchen war um die Taille mit einer breiten Schärpe aus dem gleichen Stoff versehen.

Es waren vor allem die Augen der Kleinen, die faszinierten. Große, ernst dreinblickende Augen, nach oben gerichtet. Hohe, fast slawische Wangenknochen, eine feine, ganz leicht gebogene Nase und ein voller Mund. Mit der linken Hand schien sie an einer langen Haarsträhne zu drehen. Man erkannte ein Buch, das auf ihren Knien lag und das sie mit der Rechten festhielt. Ein energisches Kinn. Die Unterlippe war etwas trotzig vorgeschoben und ein wenig voller als die Oberlippe. Das Antlitz des Kindes ließ schon die Schönheit des späteren erwachsenen Mädchens erahnen. Ein geheimnisvolles Gemälde.

»*Mädchen im roten Kleid*«, rief der Auktionator.

»Selma«, flüsterte Gontard ungläubig. »Das ist Selma.«

Niemand hörte sein Flüstern, noch nicht einmal Harald Brunner, der gebannt dieses zauberhafte Kinderbildnis anstarrte.

Eine Wand schien sich zu öffnen. Die Wand, die das Heute vom Gestern trennt.

In Gontards Kopf spulte sich eine Szene aus längst vergangenen Tagen ab.

Endlich, dachte Gontard. Endlich weiß ich … Endlich.

Als sei es gestern geschehen oder sogar eben erst, tauchten plastisch Ort und Personen vor seinem geistigen Auge auf. Und für einen Moment, festgefroren in den vergessenen Windungen seines Gehirns, seines Denkens, kam die Erinnerung an Verdrängtes zurück und ließ Gontard abtauchen in die Tiefen der Erinnerungsschichten.

Kapitel 9 | Der Bub und das Geheimnis

Es war im Sommer 1936, der Sommer der Olympiade in Berlin. Alle waren Feuer und Flamme, und der zwölfjährige Friedrich, Sohn von Rechtsanwalt Wilhelm Gontard, fühlte sich etwas einsam.

Anders als den anderen in seiner Gruppe der Hitlerjugend, fehlte ihm die Begeisterung für diesen dunkelhaarigen Mann mit dem akkuraten Seitenscheitel und dem Schnurrbärtchen zwischen der derben, breiten Nase und dem Mund, der immer offen zu stehen schien und aus dem immerzu Gebrüll herauskam.

Die Eltern schalteten den Volksempfänger aus, wenn der Mann, den sie alle den »Führer« nannten, seine Parolen in die Welt schrie, und die Mutter legte oft erschrocken den Finger an die Lippen, wenn der Vater über den »ordinären Kerl und seine Kumpane« schimpfte, und sie bat ihn um Mäßigung, denn man wusste ja nie. Das Personal würde vielleicht herumtratschen, dass die Gontards keine guten Volksdeutschen waren, und man käme nach Dachau oder sonst wohin. Es wurde viel gemunkelt, ohne dass man Genaueres erfuhr. Der zwölfjährige Bub verstand wenig von den Worten der Erwachsenen, doch er fühlte instinktiv die Atmosphäre von Bedrohung und Gefahr. Er ahnte, dass »vorsichtig sein« nichts anderes hieß als »sich vor Schaden zu bewahren«.

So wurde leise gesprochen, und wenn Vater und Mutter und das einzige Kind, Friedrich, im Raum waren, wurde vorher noch einmal abgeklärt, ob Mathilde oder Trude nicht draußen im Flur standen und lauschten. Mutter fasste sich neuerdings oft ans Herz, war auch schon in Kur gewesen im südpfälzischen Kurort Gleisweiler. Des Herzens wegen, wie man dem Sohn erklärte. Die Mutter musste sich oft ausruhen, und wenn der »Brüllaffe« im Volksempfänger zu hören war, weinte sie, und unverzüglich stellte der Vater das Ding ab.

Mutter war wieder in Kur in diesem Sommer, dem Sommer der Olympischen Spiele, und Friedrich durfte zu Onkel Ernst und Tante Bruni in den Pfälzer Wald fahren und dort, in Dahn, seine Ferien verbringen. Bruni und Ernst Paulmann waren Friedrichs Lieblingsonkel und Lieblingstante. Sie waren beide rund und klein und gemütlich, und beide waren sehr musisch begabt.

Onkel Ernst, ein pensionierter »Herr Professor«, also ein ehemaliger Gymnasiallehrer, malte mit Hingabe nun, wo er viel Zeit hatte, und Tante Bruni spielte wundervoll Klavier. Sie war eine sogenannte Wagnerianerin, wie sie betonte, sie liebte Wagners Musik, und sie wäre selbst gerne Pianistin geworden, aber dann hatte sie ganz jung geheiratet, und aus einer Musikerkarriere war nichts geworden. Ihre Nachbarn, die Familie Dornheimer, waren Gleichgesinnte, was Musikgeschmack und Malerei anbetraf.

Jakob Dornheimer war sogar ein angesehener Künstler, und Onkel Ernst nahm nun, im Ruhestand, regelmäßig bei ihm Malunterricht, um, wie er sagte, aus seinem »Stümpertum rauszukommen«.

Elsa Dornheimer war Sängerin an der Mannheimer Oper, und ihre Paraderolle war, vielleicht weil sie Elsa hieß, die Elsa aus dem *Lohengrin.* Onkel Ernst und Tante Bruni besuchten mit Jakob Dornheimer oft die Oper, um Frau Dornheimer singen zu hören.

Dornheimers hatten eine Tochter, Selma, die fünf Jahre jünger war als Friedrich. Jeder andere Bub hätte ein so viel jüngeres Kind nicht beachtet und hätte es als unter seiner Würde angesehen, mit solch einem Wickelkind zu spielen. Nicht so der kleine Friedrich, der von Anfang an in Selma so etwas wie eine kleine Schwester sah.

Beide Einzelkinder hatten zumindest in den Schulferien einen großen Bruder, eine kleine Schwester. Nun war Selma sieben Jahre alt, und da sie sehr gewitzt und schlau war für ihr Alter, beherrschte sie das Klavierspielen schon gut. Im Malen war sie das, was die Erwachsenen, vielleicht ein wenig überzogen und in übertriebener Bewunderung, ein »Wunderkind« nannten. Stundenlang konnte sie an ihrem kleinen Pult sitzen und zeichnen und malen. Ihre Lieblingsmotive waren ihre Haustiere, der große Dalmatiner Wotan und die Katze Isolde.

In diesem Sommer 1936 war Friedrich etwas kränklich, vielleicht aus heimlichem Kummer wegen der geliebten Mutter, die er nun längere Zeit nicht sehen konnte. Er war schon eine ganze Woche bei Onkel und Tante in der Sommerfrische, doch eine Erkältung verhinderte, dass er ins Schwimmbad gehen konnte, und er hütete sogar für zwei Tage das Bett. Sein Gästezimmer lag neben dem Wohnzimmer. Die Tür war leicht angelehnt, so dass er Onkel und Tante immer beruhigt in der Nähe wusste und sie auch gut hören konnte. Es gab seinem Kranksein einen Hauch von Gemütlichkeit.

Tante Bruni spielte ganz leise Klavier. Es war etwas von Mozart, dessen Musik der Zwölfjährige liebte, mehr als die schwere Musik des Komponisten Wagner, die wohl eher Erwachsene ansprach. Es klingelte an der Haustür, und Friedrich vernahm die Stimme von Herrn Dornheimer.

Er klang nervös und irgendwie sehr gehetzt. Und Friedrich, von dem Onkel und Tante glaubten, er schliefe, wurde Zeuge einer Unterhaltung, deren Sinn er erst viel später verstand.

Das Gespräch grub sich in die Tiefen seiner Erinnerung ein und tauchte nun, so viele Jahre später, verschüttet wie es gewesen war, im Gedächtnis des Erwachsenen wieder auf.

Jakob Dornheimer: Ich bin ein Störenfried heute Abend, bitte entschuldigen Sie vielmals, aber ich habe ein großes Anliegen.

Tante Bruni: Sie stören nie, Herr Dornheimer, das wissen Sie doch!

Onkel Ernst: Nein, echte Freunde stören nie. Aber Sie sind ja ganz aufgelöst, ganz anders als sonst, wo Sie die Ruhe selbst zu sein scheinen.

Jakob Dornheimer: Ja, das Äußere täuscht uns oft. Und die Zeiten … das ist doch keine Überraschung, was sich hier in unserm schönen Lande tut. Um es kurz zu machen: Meine Frau und ich, wir möchten auswandern. Mit Selma. Bevor es zu spät ist. Wir hätten schon längst gehen sollen. Spätestens 1933. Und nun habe ich die Gelegenheit bekommen, ausreisen zu können. Mir ist es gelungen, etwas Geld zu Freunden nach Frankreich zu schaffen, und ich habe das eine oder andere Bild verkaufen können, noch bevor die Unmenschen …

Onkel Ernst: Wir wären gerne bereit, Ihnen zu helfen. Bilder zu kaufen. Möbel.

Jakob Dornheimer: Nein, aufbewahren, nicht kaufen. Das Aufbewahren ist schon gefährlich genug, und ich habe schon ein schlechtes Gewissen dabei, Ihnen Unannehmlichkeiten zu machen. Als Freund eines jüdischen Künstlers. Die Nazis kaufen meine Bilder, wenn ich meinen Namen ändere, denn meine Porträts und Landschaften sind ja im »klassischen Stil« gemalt, sie sind nicht »entartet«, wie die neuen Kunstpäpste die abstrakte Malerei nennen und die gesellschaftskritischen und satirischen Kunstwerke meiner Kollegen. Ein Bild liegt mir besonders am Herzen. Es ist Selmas Porträt. Ich habe es erst vor zwei Wochen gemalt, in einer *Tour de Force.* In einer einzigen Nacht, nach einer Skizzenvorlage. Ich habe gearbeitet wie ein Besessener. Darf ich Ihnen das Gemälde vorbeibringen?

Onkel Ernst: Aber freilich, Herr Dornheimer.

Jakob Dornheimer verließ nach diesem Gespräch das Haus, um nach einer Weile zurückzukommen.

Unterdessen unterhielten sich die Paulmanns und beteuerten, dass zum Glück Thekla, das Hausmädchen, eine ehrliche Haut sei und man ihr hundertprozentig trauen könne. Selbst wenn sie mitbekommen hätte, dass man der Familie Dornheimer beistand: Sie würde niemals ein Sterbenswörtchen davon weitererzählen.

Friedrich war aus seinem Bett geklettert.

Er ging hinüber ins Wohnzimmer und gestand Onkel und Tante, dass er alles gehört hatte, und er bat die beiden in seiner kindlichen Art, dass man Selma und ihren Eltern helfen müsse.

»Bist ein guter Junge«, sagte Tante Bruni und strich dem Kind übers Haar. Gerne hätten sie selbst Kinder gehabt, aber es hatte nicht sein sollen.

Jakob Dornheimer kam zurück. Er war nun beherrscht und besonnen. In einer dicken blauen Wolldecke eingehüllt, trug er das angekündigte Gemälde ins Wohnzimmer.

Friedrich, Onkel und Tante waren sprachlos, als sie das recht große Gemälde sahen, das Jakob Dornheimer feierlich und sorgfältig auspackte und an die Wand lehnte.

Selma mit ihren großen dunklen Augen, den breiten Wangenknochen, ernst nach oben blickend, in ihrem Lieblingskleid, dem Kleid aus roter Seide, und mit einem Buch in der Hand. Bestimmt eines ihrer Lieblingsbücher, dachte Friedrich, *Alice im Wunderland*, *Der kleine Lord* oder ein *Nesthäkchen*-Band von Else Ury. Man konnte den Titel nicht erkennen.

Tante Bruni wischte sich verstohlen die Augen, und sie sagte zu ihrem Mann, der ebenfalls sehr berührt war von diesem Kinderbildnis: »Das Gemälde ist uns was wert, stimmt's?«

Onkel Ernst ging zum großen Eichenschrank, holte eine Schatulle heraus, entnahm ihr Geld, drückte die Scheine Jakob Dornheimer in die Hand.

»Sie werden Startkapital brauchen.«

Jakob Dornheimer versuchte abzuwehren, wollte das Geld auf den Tisch mit der Marmorplatte legen, aber Onkel und Tante ließen es nicht zu.

Friedrich blickte Onkel und Tante eindringlich an und fragte: »Was wird denn aus Wotan und Isolde?«

Die beiden verstanden die Frage des Kindes, und ohne Zögern kam die Antwort der Tante: »Freilich werden wir sie pflegen, bis Dornheimers zurückkommen. Wotan und Isolde werden sich bei uns wohlfühlen.«

Der Onkel stimmte mit ein: »So wie das Gemälde Ihnen ausgehändigt wird, wenn der ganze braune Spuk vorüber ist. Es ist und bleibt Ihr Gemälde.«

Friedrich verstand nicht ganz, weshalb in den Worten der Erwachsenen ein merkwürdiger Unterton mitschwang, als glaubten sie nicht an das, was sie eben gesagt hatten, als bezweifelten sie, dass der »braune Spuk« bald vorüber wäre.

Jakob Dornheimer lachte kurz auf, und es klang nicht wie sein sonstiges Lachen.

Dann sagte er zu Onkel Ernst: »Wie hat doch der von uns beiden so verehrte Dichter William Shakespeare schon gesagt: … *Und in der mitternächt'gen Stille rissen Diener seines Schlages uns hinweg, mich und mein weinend Kind* …«

»Ja, Prosperos Worte«, erwiderte Onkel Ernst. »Als wir vor einigen Jahren in Mannheim den *Sturm* angeschaut haben, ahnten wir nichts von diesem braunen Sturm, der uns erwartete.«

»Wann geht die Reise los?«, fragte Tante Bruni. »Ach, das klingt nach Urlaub. Entschuldigen Sie bitte, Herr Dornheimer.«

»Morgen schon.«

Jakob Dornheimer drückte den liebgewonnenen Nachbarn die Hand. Seine Hände zitterten leicht.

»Auf Wiedersehen«, sagte Friedrich.

Er wagte es nicht, einen Gruß an Selma, seine »kleine Schwester«, anzuhängen, wie er es gerne getan hätte. Das penetrante Ticktack der Regulatoren-Standuhr aus dunklem Eichenholz schmerzte, und er hielt sich mit beiden Händen die Ohren zu.

»Leb wohl, mein Bub«, sagte Jakob Dornheimer, und ohne sich umzusehen, verließ er das Zimmer, geleitet von Onkel und Tante. Die Eingangstür schlug schwer ins Schloss.

»Wir waren so gute Nachbarn. Gute Freunde …«, sagte der Onkel, als sie zurückkamen. Es klang kleinlaut und ohnmächtig. Auch irgendwie schuldbewusst.

Eine Gestalt im Flur huschte flinken Schritts ins obere Stockwerk, schloss leise die Tür zur Dienstmädchenkammer.

Als am nächsten Morgen Friedrich aus einem unruhigen, immer wieder von fiebrigen Albträumen unterbrochenen Schlaf erwachte, war es schon 9 Uhr. Er wollte zu Dornheimers hinübergehen, um sich von der kleinen Selma zu verabschieden. Doch die Läden waren verschlossen. Die Dornheimers waren abgereist. Sie hatten keine Heimat mehr. Wotan und Isolde zogen in den Paulmannschen Haushalt ein. Ganz oben unterm Dach lehnte ein Gemälde am Gebälk, umhüllt von einer blauen Wolldecke. Ab und zu ging Friedrich nach oben, um sich Selma anzusehen, damit er sie nicht ganz verlieren würde.

Doch die Ereignisse überschlugen sich in der Familie und im ganzen Land. Einige Monate nach den großen Ferien, im Winter 1937, verunglückten Onkel Ernst und Tante Bruni mit ihrem Auto, einem »Wanderer«, tödlich auf eisglatter Straße im kurvenreichen Johanniskreuz im Pfälzer Wald. Und noch ein Jahr später, im Mai 1938, erlag Friedrichs geliebte Mutter ihrem schweren Herzleiden. Der nun vierzehnjährige Bub wurde vorübergehend von einem anderen lieben Verwandtenpaar aufgenommen, Onkel Rudolf und Tante Hedwig, die im badischen Weinheim an der Bergstraße wohnten. Die Pfaffs nahmen den Neffen in Übereinkunft mit dem Witwer, Rechtsanwalt Wilhelm Gontard, in Obhut und meldeten ihn im Weinheimer Realgymnasium an.

Das Gemälde *Mädchen im roten Kleid* mit der Signatur *Jakob Dornheimer, 1936* vergaß der Halbwaise Friedrich, der wenige Jahre danach von der Schulbank weg in den Krieg geschickt wurde.

Und nun, 68 Jahre später, tauchten sie alle aus der tiefen Höhle der Erinnerung auf: das gemütliche, kunstsinnige Paar Bruni und Ernst Paulmann, der Maler Jakob Dornheimer und seine Frau, die

Wagner-Sängerin Elsa. Und Selma Dornheimer, die kleine »Ersatzschwester«. Die Katze Isolde und der Hund Wotan. Und ein Kindergemälde voller Zauber und voller Geheimnisse.

Etwas nagte an Gontard: die Erinnerung an die junge Frau, die neulich in Frankreich mehrmals seine Wege gekreuzt hatte und die ihn an jemand erinnert hatte.

Schlagartig wurde ihm bewusst, dass es Selma war, die siebenjährige Selma, die als junge Frau so hätte aussehen können wie die Unbekannte im roten Kleid, und dass diese Frau als Kind Selma Dornheimer hätte gleichen können, die mit ihren Eltern 1936 ins französische Exil gegangen war. Und irgendwie schienen sich Fäden zu verknüpfen. Oder waren es nur Hirngespinste, die ihm diese Ähnlichkeiten nur vorgaukelten?

Ein Karussell von Gedanken drehte sich in Gontards Kopf, und die Wucht des Erinnerns gab ihm das Gefühl, wie ein Schlafwandler in eine Traumwelt geraten zu sein.

Kapitel 10 | Das Gemälde

Gontard wurde durch die Stimme des Auktionators aus seinen Tagträumen gerissen. Eine kurze Erläuterung zum Maler des Bildes wurde gegeben. Gontard war ein Teil der Daten nicht unbekannt:

»Jakob Dornheimer, Jahrgang 1899, ein jüdischer Künstler, in den 20er Jahren ein äußerst gefragter Porträtmaler, vor allem in Kreisen des gehobenen Bürgertums, gegenständlicher Stil, dem Realismus und auch der neuen Sachlichkeit verwandt. Ab 1933 als Nichtarier verfemt, sozialer Abstieg wegen mangelnder Aufträge. 1936 freiwillig ins französische Exil. 1942 Freitod in Sanary-sur-Mer an der französischen Riviera. Exilkünstler wie Jakob Dornheimer erleben seit einiger Zeit eine Renaissance und werden auf dem Kunstmarkt gut gehandelt. Das dargestellte Kind auf dem Gemälde ist vermutlich die Tochter des Künstlers.«

Vermutlich? Ich weiß es besser, dachte Gontard. Es sollte vorerst sein Geheimnis bleiben.

Die Mitteilung durch den Auktionator, dass Jakob Dornheimer Suizid begangen hatte, traf Gontard wie ein Keulenschlag. Wie verzweifelt musste der Künstler gewesen sein, wenn er freiwillig aus dem Leben geschieden war und Frau und Kind zurückgelassen hatte? Was mochte nur aus Elsa Dornheimer und der kleinen Selma geworden sein? Wie war das Gemälde, das er zuletzt als zwölfjähriger Junge 1936 im Wohnzimmer von Onkel und Tante Paulmann gesehen hatte, in den Besitz des Ehepaars Brüning aus Ladenburg gekommen?

Ich muss das Gemälde haben. Um jeden Preis. Gontard war froh, dass er noch nichts ersteigert hatte an diesem Tag. Jeder Preis wäre ihm recht.

Kunst von Exilmalern lag derzeit im Trend, das stimmte, zumal dann, wenn ein Gemälde signiert war und der Künstler vor der Emigration nicht unbedeutend gewesen war.

Gehört das Gemälde nicht sowieso zum Teil mir, der seine Vergangenheit kennt? Bin ich nicht geradezu verpflichtet, es zu ersteigern?

Sammeln nicht aus Besitzgier, sondern, um zu bewahren. Harald Brunners Devise, die auch die seine war.

Eine innere Stimme regte sich in ihm und beschwor ihn, das Geheimnis um das Gemälde zu lüften, vielleicht sogar die Nachkommen des Malers, der ein guter Freund und Nachbar seiner Verwandten gewesen war, ausfindig zu machen. Selma zu finden, seine kleine Schwester mit den ernsten, fragenden Augen.

Das Anfangsgebot war recht hoch. 3.000 Euro, ein stolzer Preis. Gontard rechnete auch drei Jahre nach Einführen der neuen Währung immer noch in DM um: Das waren 6.000 DM.

Er blickte sich um. Seine Bieterkelle, die ihn immer an die Kelle der Bahnsteigschaffner vergangener Zeiten erinnerte, ging hoch. Außer ihm schien sich niemand für das Bild zu interessieren. Aber nein. Wie er sich täuschte. Eine Hand mit einem protzigen Siegelring schnellte in die Höhe. Der ölige Berchtesgadener bot mit. 3.500 Euro. Eine weitere Bieterkelle wurde erhoben. Sie gehörte zu Gontards Staunen Anita Müller-Baum, die sich nie für Gemälde interessiert hatte, soviel er wusste. Auch ihr Begleiter schien überrascht zu sein oder sogar ein wenig erschrocken. Ihr seltsam triumphierender Blick auf Cornelius Schenck schien zu sagen: Damit hättest du wohl nicht gerechnet, mein Lieber, oder?

Nun überschlugen sich die Ereignisse. Bei 3.800, 4.000, 5.000 Euro war Anita Müller-Baum immer noch am Bieten beteiligt. Gontard war irritiert. Woher kam das Interesse der Schmuck-Besessenen an diesem Gemälde? Auch der ölige Berchtesgadener war eifrig mit im Rennen, als 4.500, 5.000 und 5.500 angesagt wurden.

Plötzlich, wie aus heiterem Himmel, meldete sich Harald Brunner bei 5.700 Euro. Gontard verstand die Welt nicht mehr. Brunner zuckte fast entschuldigend die Achseln. Er bot noch mit bis 6.300, dann gab er auf.

»Es war einen Versuch wert, aber einmal ist Schluss«, flüsterte er und grinste. »Schade, das Bild hat was. Ich hab mich hinreißen lassen.«

Gero von Sedlmayer, Anita Müller-Baum und Friedrich Gontard lieferten sich einen erbitterten Bieterkampf. Das war eine Schlacht, wie es schien.

Bei 7.200 Euro gab Sedlmayer auf, bei 8.200 Euro strich die dralle Schmuckdame die Segel.

Sie hatte offenbar das Interesse an dem Bild verloren. Ein Gemälde war kein Schmuck. Resigniert zuckte sie mit den Achseln, stieß zornig die Hand von Cornelius Schenck zurück, der ihr tröstend über die Wange streichen wollte. Gontard war sich schon seines Sieges sicher, als ein Mann zwei Reihen vor ihm sich einmischte und bei 8.400 mitbot. Gontard hatte bemerkt, dass der Konkurrent ziemlich außer Atem und ganz verspätet in den Auktionsraum gekommen war.

Gontard war wie vom Fieber gepackt. Er musste nun höllisch aufpassen, all seine Konzentrationsfähigkeit aufbringen, wenn er das Bildnis nicht an diesen Kerl da vorne verlieren wollte, diesen großen Blonden. Wie in Trance war er sich bewusst, dass er und dieser Zuspätkommende nun noch die einzigen Bieter waren.

»9.500 Euro sind geboten. Wer bietet mehr?«

Stille.

»Zum ersten, zum zweiten, und zum … dritten.«

Gontard war um einen Bruchteil schneller gewesen als sein Widersacher.

Der Hammer des Auktionators sauste auf das Pult nieder.

»Das Gemälde *Mädchen im roten Kleid* geht an den Herrn in Beige mit der Nummer 347«, rief die Stimme des Auktionators. »Ich gratuliere.«

347: Das war seine Nummer. Der Herr in Beige war er selbst. Er hatte gewonnen.

9.500 Euro. Er erschrak. Sammler sind Verrückte. Was würde Anna sagen?

Sie würde ihn vielleicht verstehen, er würde ihr alles erklären. Er hatte einen vergessenen Teil seiner Kindheit zurückerobert.

Anita Müller-Baum erhob sich von ihrem Sitz, drehte sich zu Gontard um und sagte schnippisch: »Tja, wer weiß, aus welcher dubiosen Quelle das Bild herkommt …«

Dann lehnte sie sich in ihrer ganzen Leibesfülle an ihren Gigolo. Offenbar hatte sie ihm seine feurigen Blicke auf Amira verziehen.

Der ölige Berchtesgadener musterte den Besitzer des Gemäldes *Mädchen im roten Kleid* mit unverhohlenem Neid. Harald Brunner gratulierte, doch er konnte sich die Bemerkung nicht verkneifen, dass »Kindergemälde ja eh nicht sein Ding waren« und dass »der Dornheimer eigentlich zu unbedeutend war als Maler. Der hatte doch kaum einen Namen, genau genommen.«

Der Alleinerbe des Brüningschen Nachlasses hätte mit einem solch hohen Preis für das Kindergemälde wohl nicht gerechnet. Das Pokerface zeigte so etwas wie Genugtuung.

Gontard ließ das Ende der Auktion unbeteiligt an sich vorüberziehen. Es war nichts mehr zu erwarten, er hatte seinen Fischzug gemacht. Einen völlig unerwarteten Fischzug. Welches Abenteuer.

Als er das Auktionshaus verließ, zupfte ihn jemand von hinten am Ärmel und zischte: »Das haben Sie nicht verdient, das Gemälde.«

Es war der große Blonde, der Mitbieter bis zum Schluss.

Ohne eine Antwort abzuwarten, entfernte er sich mit federnden Schritten Richtung Parkhaus.

Während der Heimfahrt auf der A5 dachte Gontard beunruhigt über die unerfreuliche Szene vor dem Auktionshaus nach.

Sammler sind wahrlich Verrückte, sagte er sich.

Und der Fremde war ein besonders typisches Exemplar dieser Spezies. Verbiestert, verbittert, boshaft, wenn ein Coup nicht gelang.

Und ich, ermahnte ihn eine innere Stimme, das muss ich gestehen, ich bin der Verrückteste von allen.

Eine seltsame Vorahnung sagte ihm, dass das Ersteigern des Kinderbildnisses erst der Anfang dramatischer Ereignisse sein würde.

Kapitel 11 Zeitungsmeldungen

Gontard widmete sich wie immer ausgiebig der Lektüre seiner Tageszeitung.

Anna hatte heute ausnahmsweise vor ihm gefrühstückt und war schon zum Einkaufen gefahren.

»Vorräte hamstern, bevor Lilli mit ihren beiden kleinen Hüpfern unsere Burg belagert«, sagte sie und war schon verschwunden. Ganz verstand Gontard die Eile nicht, doch wenn Anna sich etwas in den Kopf gesetzt hatte, gab es kein Zögern.

Er hätte ihr beim gemütlichen Frühstück behutsam von seinem Neuerwerb erzählt. In seine Freude über das am Vortag ersteigerte, wiedergewonnene Gemälde mischten sich zunehmend Skepsis und so etwas wie ein schlechtes Gewissen. Das hässliche Wort »Raubkunst« schlich sich immer deutlicher in Gontards Bewusstsein. Er war sich hundertprozentig sicher, dass das von dem emigrierten Maler Jakob Dornheimer gemalte Kunstwerk auf Umwegen in den Besitz des Großindustriellenpaars Brüning gelangt war.

Aus welch dunklen Kanälen die letzten Besitzer das Bild bezogen hatten, war ein Rätsel, würde vielleicht für immer eins bleiben. Gontards Verwandte hatten es 1936 von Dornheimer übereignet bekommen, bevor er ins Exil ging. »Zur Aufbewahrung«, soviel hatte er damals als Kind verstanden, »bis die Familie aus dem Exil zurückkäme«. Die Familie des Malers, seine Nachkommen, waren die rechtmäßigen Besitzer des Gemäldes. So hatte Onkel Paulmann es doch damals ausgedrückt, oder? Jakob Dornheimer hatte

Suizid begangen, wie der Auktionator sagte. Noch hing das Bild nicht im Gontardschen Haus. Die Lieferung käme voraussichtlich in einigen Tagen.

Gontard war sich plötzlich dessen bewusst, dass er sich durch das Verschweigen der Provenienz des Bildes zum Hehler machte. Doch die Leidenschaft des Sammlers und sein Bestreben nach Bewahren eines Teils seiner eigenen Kindheit siegten über sein besseres Wissen um Recht und Ordnung. Um sich ein wenig abzulenken von seinen quälenden Gedanken, wandte er sich der Zeitungslektüre zu.

Ein Interview mit Horst Köhler, der sich auf seinen Amtsantritt als Bundespräsident am 1. Juli freute.

Ein Bericht über die baldige Machtübergabe an die irakische Übergangsregierung.

Ein Artikel über den Ostseegipfel in Estland. Bundesaußenminister Joschka Fischer trifft den Premierminister von Armenien, Andranik Markarjan.

Gontard musste schmunzeln, als er das Foto des honorigen und dicklichen Herrn mit Doppelkinn in Nadelstreifen betrachtete, der mit dem aufmüpfigen Bürgerschreck der 60er und 70er Jahre wenig gemein hatte. Welch eine Metamorphose vom Turnschuh-Revoluzzer zum Diplomaten in feinem Tuch. Und erst neulich war Joschka Fischer mit seiner sehr jungen Freundin auf Mallorca gewesen und musste sich rechtfertigen wegen der zweifelhaften Einladung durch einen Freund. Es war als Skandal durch die Presse gegangen.

Michael Schumacher holt seinen 7. Weltmeistertitel der Formel 1.

Ein ausführlicher Bericht über Marlon Brando, dem es gesundheitlich nicht gut geht.

Oh, 1924 geboren, wir sind gleich alt. Er erschrak über das Foto, das einen todkranken Mann zeigte, aufgedunsen, übergewichtig und verbittert durch viele Schicksalsschläge.

Und nun zu den *faits divers* unserer Region, dachte Gontard und blätterte im Teil, der mit *Metropolregion* überschrieben war.

Von der Flut der Feste, Kirchweihen, Open Air-Konzerte, sommerliche Matineen, Life Style-Veranstaltungen, wurde man fast erschlagen.

Dann die Schlagzeile, die Gontard zum Erstarren brachte: *Tote in den Neckarauen von Ladenburg gefunden.*

Die Polizei hatte, einem anonymen Anruf folgend, eine unbekannte weibliche Leiche entdeckt. Da keine Papiere bei der Toten gefunden worden waren, bat die Polizei um Mithilfe der Bevölkerung. Die Tote war dunkelhaarig, etwa 30 Jahre alt, und sie trug Sommerkleidung. Ein rotes Kleid und goldfarbene Sandalen Größe 38.

Rote Kleider und goldfarbene Schuhe, so ging es durch Gontards Kopf. War das ein markantes Merkmal für junge Frauen? Sein Kopf schwirrte. War er dabei, eine Alters-Paranoia zu entwickeln? Er hatte gehört, dass es so beginnen konnte, das allmähliche Hinübergleiten von vernünftigem Denken über Vergesslichkeit zur Demenz, mit der Zwischenstufe von Wahnvorstellungen.

Irgendein Impuls trieb ihn dazu, die Zeitungsmeldung ernst zu nehmen, sie auf seine Beobachtung zu beziehen, und er beschloss, sich Gewissheit zu verschaffen.

Die junge Frau war in einem Auto mit Heidelberger Kennzeichen gesessen, sie war mit ihrem Begleiter in Richtung Deutschland gefahren wie er und Anna.

Was riskierte er schon? Fehleinschätzungen, irrtümliche Hinweise von Zeugen war er aus seiner Zeit als Kripochef gewohnt. Ärgerlich zwar, da sie die Arbeit der Polizei eher hemmten als unterstützten, aber doch menschlich, da Menschen eben nicht unfehlbar sind.

Er hinterließ eine Notiz für Anna, er sei nach Heidelberg gefahren und spätestens am Nachmittag wieder zurück. Erklären würde er alles bei seiner Rückkehr, wie er auch den Erwerb des Gemäldes beichten würde.

Er ertappte sich bei dem Gedanken, Belami noch Wasser geben zu müssen, bevor er wegfuhr, und einen Kauknochen dazu. Ach, es würde tatsächlich noch eine Weile dauern, bis er den Tod des lieben Hundes akzeptiert hätte.

Als er die Höhenstraße hinunterfuhr, fiel sein Blick auf das Engelchen neben dem Rasenstück, das den »Friedhof der Kuscheltiere« bewachte, und sein Herz wurde schwer.

Kapitel 12 | Ein alter Bekannter

Lange bin ich nicht mehr hier gewesen, dachte Gontard, als er schweratmend die Stufen zum Heidelberger Polizeirevier hochstieg.

Mehr als zehn Jahre. Die schlimmen Missbrauchsfälle, die Alfred Melzer und er damals gemeinsam gelöst hatten. Niemand würde ihn hier mehr kennen. Er wusste noch nicht einmal, wer Alfred Melzers Nachfolger war, geschweige denn, wer heute die Heidelberger Kripo leitete.

Gontard trug der Sekretärin kurz sein Anliegen vor. Er sei durch die Zeitungslektüre auf den Mordfall in Ladenburg aufmerksam geworden und wolle eine Beobachtung zu Protokoll geben. Einen eventuellen Hinweis, aber ein Irrtum war nicht ausgeschlossen. Sein Name löste in der Sekretärin keine Reaktion aus. Mit Bedauern erinnerte sich Gontard der wunderschönen damaligen Kollegin dieser mausgrauen und unfreundlichen Bürodame.

Wie Liz Taylor hatte sie ausgesehen, Alfred Melzers Sekretärin, aber der Name war ihm entfallen. Typisch, dachte er: Gesichter prägen sich mir ein, Namen lösche ich mehr und mehr.

Er würde ein Foto der Toten gezeigt bekommen, vielleicht war sie tatsächlich identisch mit der Schönen in der Abtei *Le Thoronet* und im *Musée Granet* in Aix-en-Provence.

Der Mann hinterm Schreibtisch schaute nicht auf, als Gontard das Büro betrat. Er war damit beschäftigt, in einem dicken Aktenordner zu blättern. War er schwerhörig?

Die mausgraue Sekretärin räusperte sich und sagte in flachem Ton: »Ein Zeuge für den Ladenburger Mordfall, Chef.«

Der Chef blickte auf, und Gontard erkannte in ihm Manfred Berberich. Es war ein völlig anderer Manfred Berberich als der, mit dem zusammen er vor zwei Jahren erst in der Südpfalz ermittelt hatte.

»Sie hier?«, rief Gontard spontan aus. »Sie sind vom Linksrheinischen ins Rechtsrheinische übergewechselt? Kann ich gut verstehen. Heidelberg ist ja auch schöner als Ludwigshafen.«

Der Mittfünfziger hinterm Schreibtisch, dessen Haar grau geworden war und dessen einst joviales Gesicht hager und verbittert aussah, antwortete mit einem müden Lächeln und sehr förmlich: »Herr Gontard. Mit Ihnen hätte ich nicht gerechnet.«

Es entstand eine kleine Pause.

»Ja, ich habe zwangsweise gewechselt. Nennen Sie es: gesundheitliche Probleme in Folge von Mobbing am Arbeitsplatz. Konkurrenzkämpfe mit einer übermotivierten Kollegin. Und dann gab es noch zwei intrigante Mitarbeiter. Ich bin dabei, mich langsam zu regenerieren.«

»Burnout?«, entfuhr es Gontard. »Sie haben mein Mitgefühl.«

»Das brauche ich am wenigsten.«

Es klang barsch, als Manfred Berberich dies sagte.

»Ich lerne gerade, mich vom Selbstmitleid zu befreien. Das Mitleid anderer stört nur den Gesundungsprozess.«

Was war aus dem jovialen, stets positiv wirkenden Mann geworden? Wo war die spontane Herzlichkeit, die Gontard mit seinem einstigen Untergebenen und späteren Nachfolger bei der Kripo Ludwigshafen verbunden hatte?

Er braucht seine Ruhe, er braucht Zeit, dachte Gontard, und er spürte intuitiv, dass höfliche Distanz die bessere Politik wäre, wenn er diesen durch unliebsame Ereignisse gekränkten Mann nicht noch mehr vergrämen wollte.

Er trug sachlich sein Anliegen vor und räumte diplomatisch ein, dass er hoffe, keinem Hirngespinst nachzujagen, wenn er es für nicht ganz ausgeschlossen hielt, dass die Tote von Ladenburg identisch war mit der jungen Frau im roten Kleid, die mehrmals seine Wege gekreuzt hatte.

Berberich blieb ganz sachlich: »Ich habe hier Fotos vom Tatort. Fotos von der Toten.«

Er fügte hinzu: »Es sind keine hübschen Fotos. Sie haben die unbekannte Schöne bestimmt in appetitlicherer Erinnerung.«

Auch seine Stimme hat sich verändert, dachte Gontard. Dieser unterschwellige Zynismus. Und er hoffte, der herzliche und unbefangene, offene und positive Mensch von einst käme wieder zum Vorschein. Mit der Zeit, die, wie man sagt, alle Wunden heilt, die körperlichen und die seelischen. Und um letztere handelte es sich offenbar bei Manfred Berberich und seiner traurigen Metamorphose.

Berberich zeigte dem Zeugen den Aktenordner: Da war der Tatort unter Pappeln und Büschen, da waren die Nahaufnahmen der Toten. Gontard hatte in seinen vielen Dienstjahren viele Leichen gesehen, und diese hier gehörte tatsächlich zu den »weniger appetitlichen«. Eine Riesenwunde klaffte am weißen Frauenhals. Myriaden von ekelhaften dicken Schmeißfliegen saßen dicht an dicht in der Wunde, schillernde, groteske Schmuckstücke in Grünblau.

Trotz der Entstellungen am Hals und der etwas aufgeblähten Haut erkannte Gontard deutlich in der Toten seine Unbekannte vom Frankreichurlaub.

Der Gesichtsschnitt, der Mund, besonders die vollere Unterlippe, die hohen Wangenknochen. Er war sich hundertprozentig sicher, und er rief aus: »Sie ist es. Das ist die Frau. Und ich weiß mittlerweile auch, woher ich sie kenne und weshalb sie mir von Anfang an bekannt vorkam. So verrückt es auch klingen mag: Ich kenne sie von einem Porträt her. Einem Kinderporträt, das ich im Jahr 1936 gesehen habe. Da war ich zwölf.«

Manfred Berberich brach in schallendes Gelächter aus.

Er lacht mich aus, dachte Gontard, und ich kann es ihm nicht verübeln. Wie könnte er verstehen!

»Aber diese Frau hier ist jung, das kann doch nie das Kind sein, das Sie vor 68 Jahren auf einem Kindergemälde gesehen haben.«

»Es ist eine lange Geschichte«, sagte Gontard, und er erzählte dem anfangs noch ungläubig, doch immer interessierter zuhörenden Chef der Heidelberger Kripo von den Begegnungen mit der jungen Frau während seines Frankreichurlaubs. Und dann später von seinem Aha-Erlebnis am Tag der Kunstauktion und der Rückkehr seiner Erinnerung an die Szene aus seiner Kinderzeit. Er berichtete vom Wiederfinden und Ersteigern des Gemäldes, das nun vielleicht mit einem Mordfall verquickt war. Die junge Tote, die dem Kind auf dem Gemälde *Mädchen im roten Kleid* glich, vielleicht war sie eine Verwandte von Selma Dornheimer, der von ihrem Vater Jakob Dornheimer porträtierten Tochter des Malers. Vielleicht ihre Tochter? Oder sogar ihre Enkelin?

»Wieder mal Ihr Lebensmuster, Chef? Die Vergangenheit, die Sie nicht loslässt?«

Die Anrede ›Chef‹ wie aus alten Tagen hatte das Eis gebrochen, und Gontard hoffte insgeheim, dass sie der Auftakt war zu Berberichs Rückverwandlung in den Menschen, der er früher einmal gewesen war.

»Morgen schauen wir uns die Tote in der Pathologie an«, sagte Berberich. »Um ganz sicher zu gehen. Treffen wir uns dort morgen früh um zehn? Ich mache einen Termin aus.«

Gontards Hinweis auf den blonden Begleiter der jungen Frau, den Drängler im schwarzen Mercedes mit Heidelberger Kennzeichen, wurde von Berberich mit »höchst interessant« quittiert. »Das ist ein potentieller Täter. Aber zunächst müssen wir absolut sicher sein, dass die Tote Ihre Schöne ist. Bis morgen dann.«

»Immer noch Mainz 05-Fan?«, fragte Gontard unvermittelt.

»Ach, das ist mir vergangen während der schlimmen Zeit.«

»Ja, Burnout lässt keine Lebensfreude zu«, sagte Gontard. »Tötet Interessen und Hobbys. Aber all das kann zurückkommen.«

Manfred Berberich schwieg. Dann wandte er sich wieder dem Studium des Aktenordners zu.

Er braucht Zeit, dachte Gontard und verließ das Büro des Kripochefs.

»Es geht ihm nicht gut«, flüsterte die Mausgraue im Vorzimmer.

Die Besorgnis in ihrer Stimme ließ Gontard aufhorchen. Ist da jemand heimlich verliebt in den Chef? Eigentlich sieht sie ja ganz nett aus, registrierte er.

Und er lächelte ihr beim Hinausgehen freundlich zu.

»Ja, es gibt Krisen im Leben«, sagte er. »Und es ist zu hoffen, dass diese hier vorübergeht.«

Sie erwiderte seine aufmunternden Worte mit einem Blick voller Dankbarkeit und lächelte zurück.

Ein Frauenversteher, dachte die Mausgraue, wie nett. Und sie wandte sich wieder ihrem Computer zu.

Kapitel 13 | Wiedergefunden

Auf der Treppe wäre Gontard beinahe mit einer Dame zusammengestoßen, die am Hochgehen war. Sie wollte schon mit Unmut auf das versehentliche Anrempeln reagieren, doch dann hielt sie verdutzt inne. Auch Gontard blieb erstaunt stehen. Ungläubig rief er aus: »Selma? Selma Dornheimer?«

Das Alter hatte Selma Dornheimers Züge nicht so verändert, dass Gontard nicht das Kindergesicht dahinter erkannt hätte. Es gibt Frauen, die sich auch noch im reifen Alter eine gewisse Jugendlichkeit bewahren. Selma Dornheimer gehörte zu dieser Spezies.

Die Angesprochene erwiderte ebenso ungläubig fragend: »Friedrich Gontard? Das ist doch Friedrich, mein großer Bruder von damals.«

»Du hast dich gar nicht verändert«, sagten sie gleichzeitig und mussten unwillkürlich lachen, doch Selma Dornheimer fuhr verlegen fort: »Ach wo, wir sind beide etwas … etwas alt geworden.«

Sie reichten sich die Hände.

»Und nun stehen wir uns nach über sechzig Jahren gegenüber und fragen uns, warum wir uns gerade hier begegnen, oder?«, erwiderte Gontard und schlug vor: »Wir sollten in ein Café gehen.«

»Dazu habe ich keine Zeit«, sagte Selma Dornheimer. »Ich komme wegen meiner Nichte Pippa, die sich mit mir treffen wollte. Schon gestern, aber sie erschien nicht. Nicht ungewöhnlich für Pippa. Aber ich möchte eine Vermisstenmeldung aufgeben, und dann gab es diesen beunruhigenden Bericht über eine tote junge Frau in Ladenburg. Es gab wenige Anhaltspunkte, aber …«

In Gontards Kopf waren widersprüchliche Gedanken im Streit. Die Ähnlichkeit zwischen der Unbekannten aus Frankreich, die höchstwahrscheinlich die Tote vom Neckarufer war, mit dem Kinderbildnis, das Selma Dornheimer darstellte. Tante und Nichte? Er wagte nicht, das auszusprechen, was er befürchtete.

Er führte Selma Dornheimer nach oben, stellte sie der Mausgrauen, die erstaunt war, dass dieser ältere Herr schon wieder erschien, als mögliche Zeugin im Ladenburger Fall vor. Er vermied das Wort Mordfall, und wenige Minuten später standen beide, Selma Dornheimer und Friedrich Gontard, im Büro des Kripochefs, der immer noch seine Akten durchsah.

Gontard erklärte dem Kripochef kurz, dass er soeben zufällig eine frühere Bekannte getroffen habe, deren Nichte verschwunden sei. Ob Frau Dornheimer die Ladenburger Fotos einsehen könne?

Als Selma Dornheimer die Bilder der Toten sah, schwieg sie für einige Sekunden. Sie schien unter Schock zu stehen, dann fasste sie sich und nickte nur. »Sie ist es. Es ist Pippa Dornheimer, meine Nichte.«

Dann stammelte sie: »Es musste so kommen. Pippa war … Pippa war …«

Der Satz blieb unvollendet. Selma Dornheimer hatte es endgültig die Sprache verschlagen.

Gontard und Manfred Berberich sahen sich stumm an. Nein, heute würden sie nichts mehr erfahren über das Mordopfer.

Die Mausgraue erschien mit einem Tablett, auf dem drei Tassen standen. Sie hatte wohl geahnt, dass dies der richtige Zeitpunkt für Kaffee war. Diskret entfernte sie sich. Diese Sekretärin stieg immer mehr in Gontards Achtung. Er warf ihr einen dankenden Blick zu, den sie mit einem Kopfnicken beantwortete. Und mit einem stillen Lächeln.

»Um die absolute Gewissheit zu haben, müssen wir Sie allerdings bitten, Ihre Nichte zu identifizieren. Ich schlage vor, Sie kommen morgen früh mit Herrn Gontard und mir in die Pathologie«, sagte Manfred Berberich.

Selma Dornheimer gab nun auf seine Bitte hin mechanisch die Personalien ihrer Nichte an, die in Heidelberg-Handschuhsheim wohnte. Zumindest sei dies der letzte ihr bekannte Wohnsitz der Nichte gewesen.

Wo sie selbst wohne, wollte Gontard wissen. »Ich wohne in Mannheim-Lindenhof. Ich bin mit der Bahn heute hierhergefahren.«

»Darf ich dich einladen, bis morgen bei uns zu wohnen?«, schlug Gontard vor. »Wir wohnen nicht weit weg, im vorderen Odenwald, und wir können morgen gemeinsam in die Pathologie fahren.«

Als Selma Dornheimer zögerte, sagte Gontard: »Meine Frau Anna würde sich auch freuen, eine Bekannte von mir aus alten Zeiten kennenzulernen. Ganz sicher.«

»Es gibt vieles zu erklären, nicht wahr?«, antwortete Selma Dornheimer. »So vieles zu erzählen. All die Jahre, die wir uns nicht gesehen haben. Ja, ich komme gern mit.«

Doch es war eine schweigsame Fahrt von Heidelberg nach Hohenkirch.

Ja, dachte Gontard. Vieles gab es zu berichten, wovon Anna bisher nichts wusste: vom ersteigerten Gemälde, diesem Erinnerungsstück aus der Vergangenheit ihres Mannes. Von der mysteriösen jungen Frau in Rot. Vom Mordfall in Ladenburg. Von der wiedergefundenen Freundin aus Kindertagen.

Auch Selma Dornheimer würde nun erfahren, dass das Gemälde wiedergefunden worden war, das ihr Vater 1936 von ihr gemalt hatte. Und dass Gontard es ersteigert hatte. Und dass er das Kinderbildnis ihr, der rechtmäßigen Erbin, aushändigen würde.

Insgeheim hoffte Gontard immer noch, dass Pippa Dornheimer am Leben wäre und sich alles als ein Hirngespinst herausstellen würde.

Kapitel 14 | Briefe

Anna Gontard hatte in 38 Ehejahren Spontaneität gelernt. Der Überraschungsgast wurde in knappen Sätzen vorgestellt, und auch die Nachricht von einer eventuellen Verwicklung in einen Todesfall, ja Mordfall nahm die Frau des ehemaligen Kripochefs relativ gelassen auf. Sie spürte, dass Hysterie der sichtlich unter Schock stehenden Besucherin nicht helfen würde. Das Allheilmittel des Gontardschen Hauses, starker englischer Schwarztee, kam mal wieder zum Einsatz. Jegliches Essensangebot lehnte Selma Dornheimer jedoch ab.

Für Gontard war nun die Stunde gekommen, den Frauen von dem ersteigerten Gemälde zu erzählen. Für Anna wäre es ein Überraschungsgeschenk gewesen. Diese Überraschung fiel nun leider aus.

Selma Dornheimer nahm die Mitteilung, dass Gontard das Gemälde ersteigert hatte, das sie als Siebenjährige darstellte, zunächst ungläubig auf.

»Ich wollte Nachforschungen anstellen«, sagte Gontard, »und ich hatte mir fest vorgenommen, das Bild den rechtmäßigen Besitzern zurückzugeben, nämlich eurer Familie. Nun hat der Zufall mir die Nachforschungen erspart.«

Und er berichtete nun auch von der jungen Frau, die seine Wege während des Frankreichurlaubs gekreuzt hatte, und dass sie ihn an eine Person erinnert hatte, die er aus seiner Vergangenheit zu kennen schien.

»Das kann tatsächlich Pippa gewesen sein, deine mysteriöse Unbekannte«, bestätigte Selma Dornheimer. »Sie reiste oft ins Var, liebte die Côte d'Azur.«

Anna zog die Brauen hoch, wie sie es tat, wenn sie verärgert war, und ihr Ehemann erkannte die Vorzeichen und reagierte entsprechend. Er kannte den Grund für die Verärgerung seiner Frau. Sie mochte es nicht, wenn ihr Mann ihr Geheimnisse vorenthielt, auch wenn es harmlose Geheimnisse waren.

»Du hast sie doch auch gesehen«, sagte Gontard etwas kleinlaut. »Du hast ihre schicke goldene Tasche bewundert. Sie trug goldene Sandalen und ein rotes Kleid.«

Er wandte sich dem Gast zu: »Und sie war dir ähnlich.«

»Ja, sie ist die Tochter von Werner, meinem Bruder.«

»Aber ich war doch dein Bruder«, rief Gontard aus, und es klang seltsam eifersüchtig.

»Werner, mein jüngerer Bruder, ist in Frankreich geboren, nachdem wir … nachdem wir unsere Heimat verlassen mussten. Er ist 1939 zur Welt gekommen.«

»Dann war er erst ein Jahr alt, als dein Vater … Suizid beging?«

»Ja«, bestätigte Selma, »und ich war damals elf. Aber woher weißt du, dass mein Vater sich …?«

»Auf der Auktion wurden die Lebensdaten deines Vaters genannt. Und es fiel das Wort ›Suizid‹. Ich war entsetzt. Warum? Warum hat er sich umgebracht?«

Selma Dornheimer, die bisher äußerlich so gefasste Frau, verlor plötzlich die Beherrschung.

»Du fragst, warum ein Mann, der ein angesehener Künstler war, der Freunde hatte, der als kultivierter Deutscher in diesem Land gelebt hat, der nach und nach ausgegrenzt wird, dass ein solcher Mann, der sich mit seiner Familie zur Flucht entschließt, alles zurücklassen muss, in der neuen ›Heimat‹ nie heimisch wird, nach all den Demütigungen und Anfeindungen als einzigen Ausweg den Freitod wählt? Wie kannst du nach dem Warum fragen?«

»Entschuldige, entschuldige«, stammelte Gontard.

»Mein Ausbruch von eben tut mir ebenfalls leid«, lenkte Selma Dornheimer ein.

Sie hatte wieder zu sich selbst gefunden und sagte: »Ich habe immer, wo ich gehe und stehe, zwei Briefe bei mir. Der eine ist der Abschiedsbrief meines Vaters an uns. Und der andere ist der Brief an Bruni und Ernst Paulmann, deine Verwandten und Nachbarn. Er hat ihn nie abgeschickt, und die Gründe dafür führt er in dem Brief an. Er ist dein Eigentum, Friedrich. Nun kommt er nach so vielen Jahren doch noch in Deutschland an und sogar an die richtige Adresse.«

Sie kramte in ihrer Tasche und legte einen Umschlag auf den Tisch, holte daraus einen Brief hervor, der in sehr akkurater Schrift verfasst war.

»Darf ich ihn vorlesen?«, fragte sie. »Ich kenne den Inhalt inzwischen auswendig, und ich werde nicht emotional werden wie eben. Bitte verzeiht mir.«

Und Selma Dornheimer trug den Brief ihres Vaters mit fester Stimme vor.

Kapitel 15 | Der Brief eines Heimatlosen

Sanary-sur-Mer, den 30. Juni 1940

Verehrte Paulmanns, liebe Freunde,

schon lange wollte ich Ihnen schreiben, um Ihnen mitzuteilen, wie es meiner Familie und mir nach der Flucht erging.

Doch ich zögerte, weil ich Ihnen keine Unannehmlichkeiten bereiten wollte.

Als »Judenfreunde« wären Sie in großer Gefahr. Nun sind die Zeiten nicht besser geworden. Im Gegenteil. Hitler und seine Spießgesellen haben die Welt mit Krieg überzogen.

Die Zeitungen sind voll von Berichten über die Besetzung von Paris am 22. Juni.

Wir fühlten uns so sicher in unserem »Paradies wider Willen«, und nun haben die Nazis die Hauptstadt erobert. Wann werden sie ganz Frankreich in ihre Macht bekommen? Meine Frau, Selma und ich bewohnen eine kleine Wohnung mit Blick aufs Mittelmeer. Oh, wie schön, werden Sie ausrufen, liebe Paulmanns. Das ist doch die reinste Sommerfrische da unten in Südfrankreich! Die Dornheimers machen ewigen Urlaub da unten, während wir im kühlen Pfälzer Wald lichtlose Tage verbringen müssen und jeden Tag mehr die Knute der Diktatur zu spüren bekommen. Das ist auch die Meinung vieler Künstlerkollegen, die in Deutschland geblieben sind: »Die Juden haben ihre Millionen ins Ausland geschafft und machen sich himmelblaue Tage in Frankreich, in den USA, in England, während wir unter Berufsverbot zu leiden haben und uns nichts bleibt, als in die innere Emigration zu gehen. Unsere Kunst zu verleugnen, Belangloses zu malen. Gar nicht mehr zu malen. Stillzuhalten, bis der Terror vorbei ist.« Wissen Sie, liebe Paulmanns, wie lange ich nicht mehr gemalt habe? In den ersten Jahren nach der Flucht aus Deutschland brachte ich meine Familie und mich noch mit Malen durch. Das war in Paris, wohin wir zunächst geflohen waren und eine Bleibe gefunden hatten. Eugen Spiro, ein älterer Kollege, der schon 1935 mit seiner Familie nach Paris emigriert war, nahm mich unter seine Fittiche. Er war Präsident der *Union des artistes allemands libres* und ich konnte durch seine Vermittlung an diversen Exilkunst-Ausstellungen teilnehmen, so zum Beispiel an der Ausstellung *Fünf Jahre Hitler*. Ich malte damals satirische Straßenszenen, Großstadtszenen, ähnlich wie Otto Dix und George Grosz.

Die Ausstellung war ein großer Erfolg, eine Sternstunde für uns Exilmaler. Ich werde Eugen Spiro ewig dankbar sein. Er hat, so erfuhr ich, aus Furcht vor den herannahenden deutschen Truppen Paris verlassen und hält sich nun auch in Südfrankreich auf. Ich habe die Zeichen der Zeit schon früher erkannt und fühlte mich in Paris nicht mehr sicher. Ein geschätzter Pariser Malerfreund, Curt Singer, nahm sich schon 1938 das Leben. Er fühlte sich überall verfolgt und weissagte die baldige deutsche Invasion, als viele von uns noch in der Hoffnung lebten, der braune Spuk könne bald vorüber sein.

Wie blauäugig, dieser Glaube an ein Wunder. In Sanary-sur-Mer schließlich lernte ich Walter Bondy kennen, der schon 1931 dorthin übergesiedelt war, zwei Jahre vor der Machtübernahme der Nazis. Er war weitsichtig genug, rechtzeitig zu fliehen. Er verbrachte einige schöne Jahre in Sanary-sur-Mer, wo er seine um 30 Jahre jüngere Partnerin Camille kennenlernte. Im Foto-Atelier der beiden kam ich unter, da ich als Maler da unten nicht recht Fuß fassen konnte. So lernte ich aber interessante Literaten kennen, denn von Walter und Camille Bondy ließen sich viele der bekannten deutschen und österreichischen Emigranten fotografieren: Stefan Zweig, Walter Benjamin, Lion Feuchtwanger und seine Frau Marta.

Bondy hatte auch die Familie Mann fotografiert. Die Manns waren ja schon früh nach Sanary gekommen, weit vor meiner Zeit. Ich hätte Thomas Mann gerne kennengelernt, aber die Familie war schon weitergezogen in die Schweiz. Ich höre, dass sie nun in die USA emigriert sind. Vielleicht ist es nur ein Gerücht.

Stefan Zweig mochte ich gerne, er war der vollendete Gentleman. Auch Franz Werfel und Marta und Lion Feuchtwanger zeigten sich freundlich und aufgeschlossen.

Wir saßen ja alle im selben Boot. Geächtet als Juden und Künstler, aus der geliebten Heimat verstoßen. Und wir hatten uns doch durch und durch als Deutsche gefühlt, bis die Nazis kamen und uns als Juden beschimpften.

Es war eine kurze Zeit des Scheinglücks, das nie das Damoklesschwert vergessen machte, das über uns schwebte.

Ich hörte, dass Walter Bondy, der nach La-Garde-sur-Var bei Toulon übergesiedelt war, an Insulinmangel starb. Er litt unter schwerem Diabetes. Bondy war also indirekt auch ein Opfer der Naziherrschaft, ein Mordopfer.

Liebe Paulmanns, Sie haben keine Ahnung, wie verzweifelt man auch im Paradies sein kann. Sie beide werden mir immer in Erinnerung bleiben: als Helfer, als Retter in der Not. Ich hatte lange gezögert, Ihnen mein Gemälde *Mädchen im roten Kleid* anzuvertrauen. Erstens, um Sie nicht in Gefahr zu bringen, zweitens aus Misstrauen.

Nein, nicht aus Misstrauen gegen Sie, sondern gegen Ihre Haushälterin, Thekla Schmitz. Ich weiß, Sie vertrauten ihr hundertprozentig, ich ahnte aber und weiß nun mit Sicherheit, dass sie mit einem SS-Mann ein Verhältnis hatte. Diesem SS-Mann, Kurt Gerschke, war Thekla Schmitz absolut hörig. Eine Freundin meiner Frau Elsa, die über das Verhältnis Bescheid wusste und die in

Briefkontakt mit ihr war, ließ uns eine weitere Information zukommen, die uns beide schockierte: Besagter Kurt Gerschke hatte einen Bruder, der mit Kunst handelte, vor allem aber mit Porträts. Elsa und ich befürchten, liebe Paulmanns, dass Ihre »treue Thekla« unser Gespräch an jenem Vorabend unserer Flucht belauscht haben könnte. Wenn wir nur wüssten, was aus Ihnen geworden ist, was aus dem Gemälde geworden ist.

Ich wage es nicht zu hoffen, dass ein gütiger Gott – an dessen Existenz ich allerdings schon lange den Glauben verloren habe – vielleicht doch noch diesem Albtraum von Krieg und Naziherrschaft ein Ende setzt und uns, liebe Bruni, lieber Ernst Paulmann, ein Wiedersehen feiern lässt.

Ein Wiedersehen auch mit meinem Gemälde unserer geliebten Tochter Selma, die nun auch einen kleinen Bruder hat. Unser Söhnchen Werner wurde vor einem Jahr geboren. Mit Bangen blicken meine Frau und ich in die Zukunft. Wie gerne hätten wir unseren Kindern das Elend erspart, entwurzelt aufzuwachsen, als Heimatlose.

Erinnern Sie sich, lieber Herr Paulmann, an meine Worte an jenen letzten Abend in Ihrer Wohnstube? Ich zitierte Shakespeare, den wir beide so sehr schätzen. Ich war doch auf einmal Prospero, der von den Häschern des Diktators aus der Heimat vertrieben wird, und er erzählt seiner Tochter Miranda, wie das damals war auf der Flucht: *Und in der mitternächt'gen Stille rissen die Diener seines Schlags uns hinweg, mich und mein weinend Kind.* Und Miranda antwortet ihrem Vater: *Ach, welch ein Jammer! Ich, die vergessen, wie ich damals weinte, bewein es jetzt aufs neu. Es ist ein Wink, der Tränen mir erpresst.*

Wie groß ist unsere Sehnsucht nach Deutschland, unserem geliebten Heimatland. Es bleibt mir nur, Ihnen, liebe Paulmanns, ein gütigeres Schicksal zu wünschen.

Aus tiefstem Herzen Ihr auf ewig dankbarer Freund
Jakob Dornheimer

Es herrschte eine bedrückte Stille im gemütlichen Wohnzimmer der Gontards. Gontard brach als erster das Schweigen: »Selbst wenn der Brief abgeschickt worden wäre, er hätte meinen Onkel und meine Tante nicht mehr erreicht. Sie kamen schon im Winter 1937 bei einem Autounfall ums Leben. Und das Gemälde? Es wird mir erst jetzt bewusst, dass es nicht unter der Erbmasse gewesen war, als wir, also meine Eltern und ich, das Vermögen der Paulmanns übereignet bekamen. Onkel Paulmann war der Bruder meiner Mutter, und da er und seine Frau kinderlos waren, war meine Mutter die nächste Verwandte. Das Gemälde habe ich nie mehr gesehen, und die tragischen Ereignisse in unserem Haus, der Tod meiner Mutter bald nach dem von Onkel und Tante, mein Aufenthalt als Halbwaise bei den Weinheimer Verwandten, der Ausbruch des Krieges, meine Jahre als Kindersoldat, so möchte ich es nennen, all das Schreckliche hat mich das Gemälde vergessen lassen.«

»Ob es gestohlen wurde?«, fragte Anna. »Jakob Dornheimer erwähnt diese Haushälterin. Wie war noch ihr Name?«

»Thekla Schmitz«, sagte Selma Dornheimer. »Und ihr Nazi-Freund hatte einen Bruder in der Kunstszene. Einen Kunsthändler.« Sie seufzte. »Wir werden es nie erfahren.«

Gontard quälte ein vages Gefühl des Unbehagens, das er sich nicht erklären konnte. Die Frage Selma Dornheimers, ob er und Anna bereit waren, den noch bedrückenderen zweiten Brief ihres Vaters zu lesen, ließ ihn nicht weiter darüber nachdenken.

»Aber ja«, sagte er. »Wir sind bereit, und wir wissen, dass dieser zweite Brief der schwerere Teil für dich ist, liebe Selma.«

Selma Dornheimer holte tief Luft und begann mit dem Lesen.

Kapitel 16 | Abschied für immer

Sanary-sur-Mer, den 22 Dezember 1940

Liebe Elsa, liebe Kinder,

verzeiht mir, verzeiht mir.

Wie kann ein Familienvater seine geliebte Tochter und sein geliebtes Söhnchen, seine geliebte Frau verlassen, und zwar auf solch unehrenhafte Weise: mit dem Freitod.

Die Welt wird mich verdammen.

Ihr werdet mir vielleicht niemals verzeihen können. Du, liebe Elsa, wirst aber, wenn mir auch nicht vergeben, so mich doch ein wenig verstehen können. Seit November haben die Nazis nun auch Südfrankreich besetzt. Maréchal Pétain und seine Regierung in Vichy werden nun noch unerbittlicher vorgehen gegen alle, die Widerstand gegen die Faschisten leisten, und wir werden unseres Lebens nicht mehr sicher sein können. Aber für euch ist gesorgt. Wenn dies vorüber ist, wird euch ein Freund aus Nîmes abholen und in ein Dörfchen in den Cevennen bringen. Er weiß nicht, was ich vorhabe, wird aber für eine Witwe und zwei Halbwaisen umso mehr Sorge tragen.

Elsa, nur du wirst den Hauptgrund für meine Entscheidung verstehen. Es ist mein Tod als Künstler, der schon lange vor meinem physischen Tod begonnen hat. Wie kann ein kreativer Mensch weiterleben, wenn er nicht mehr als Künstler arbeiten kann, wenn ihm Anerkennung und Wertschätzung versagt bleiben? Er ist wie eine leere Hülle, seelenlos, ohne Perspektive, ohne Zukunft. Die

Welt wird mich der Eitelkeit bezichtigen, der Selbstsucht, man wird mich als charakterlosen Feigling bezeichnen.

Du wirst unseren Kindern später erklären, dass ihr Vater aus Liebe zu ihnen freiwillig aus dem Leben geschieden ist. Ich habe ihnen durch meinen Tod erspart, mit einem unglücklichen, verzweifelten Vater aufwachsen zu müssen. Verzeih mir, meine über alles geliebte Elsa.

Und möge Gott, an den ich selbst nicht mehr glauben kann, euch behüten.

Adieu.

Dein Jakob

Selma Dornheimers Stimme war unverändert fest geblieben während des Vorlesens. Sie sagte: »Mein Vater wäre, auch wenn er nach Deutschland zurückgekommen wäre nach dem Krieg, seines Lebens nicht mehr froh geworden. Als Maler hätte er dem Stil der Nachkriegszeit nicht mehr entsprochen. Die abstrakte Malerei, Picassos Kunst vor allem, beherrschte den Kunstmarkt. Mein Vater malte gegenständlich, vorwiegend im Stil der Neuen Sachlichkeit der 20er und 30er Jahre. Diese Stilkunst war nicht mehr gefragt nach 1945.«

»Ja, so sehe ich das auch. So erging es auch vielen Exilschriftstellern«, bemerkte Gontard. »Ich habe mich mit diesem Thema zeitweise intensiv beschäftigt. Die ins Exil Abgewanderten wurden sogar verfemt von denen, die geblieben waren. Es gibt da diese schreckliche Verhöhnung durch den Dichter Gottfried Benn, der gesagt haben soll: ›Da sitzen sie also in ihren Badeorten und stellen uns zur Rede, weil wir mitarbeiten am Neubau eines Staates.‹ Mit dem ›Neubau eines Staates‹ war Nazideutschland gemeint. Und der Schriftstellerverband der *Gruppe 47* hat nach dem Krieg die Emigranten abgelehnt, weil sie das kollektive Verdrängen der Nazizeit störten. Sie wollten nichts hören vom Leben im Exil, von der Armut und der Angst, vom Fremdsein und vom Heimweh ihrer vertriebenen Kollegen. Seit 1999, das las ich neulich in der *Zeit*, sind 22.000 Akten der Waffen-SS im Moskauer Militärarchiv zugänglich, es werden auch Namen von deutschen Schriftstellern mit angeblich weißer Weste nach und nach ans Tageslicht gebracht. Eine Akte der Heuchelei.«

»Die vielen Schriftsteller und Künstler, die den Anschluss verloren nach dem Krieg. Da gab es die bedauernswerte Irmgard Keun«, bemerkte Anna dazwischen. »Sie war in den 20er Jahren eine vielgelesene und berühmte Autorin, ist dann nach der Emigration zurückgekommen und arm und verbittert gestorben, alkoholsüchtig und kaputt. Ihr Schicksal hat mich sehr berührt.«

»Ja«, stimmte ihr Selma Dornheimer zu. »Und die Maler: Ich habe einige Schicksale der Malerkollegen meines Vaters nach dem Krieg verfolgt. Eins der tragischsten ist das von Albert Reuss, den mein Vater schätzte, denn er traf ihn schon in Deutschland beim Studium. Er hatte dann später losen Briefkontakt zu ihm. 1938 war Reuss nach England geflohen, fristete ein kärgliches Dasein als Zeichenlehrer und stellte in kleinen Provinzgalerien aus. Ein begnadeter Zeichner und Bildhauer, und am Ende zog er sich völlig isoliert in das Dorf Mousehole in Cornwall zurück, wo er weiter seine ›Bilder der Einsamkeit‹ schuf.«

»Mousehole! Wie schrecklich symbolisch«, rief Anna aus. »Er hat sich also förmlich in sein Mauseloch verkrochen.«

»Hast du deinem Vater je verziehen, Selma?«, wechselte Gontard das Thema.

»Ja, nach vielen, vielen Jahren. Aber als Kind habe ich ihn gehasst. Er hat äußerlich für uns gesorgt, ja. Der Freund brachte uns in die Cevennen. Und wie die Katharer, die vorübergehend Zuflucht in den Cevennen fanden, als sie vor den Katholiken fliehen mussten, so rettete uns die Abgeschiedenheit des kleinen Bergdorfs. Ich erinnere mich an freundliche Bauern, die uns aufnahmen, und wir mussten nicht hungern. Ich bin in dem Dörfchen geblieben, bis unsere Mutter 1959 dort starb, dann zogen Werner und ich nach Paris. Wir lebten dort unter größten Entbehrungen. Werner konnte studieren, weil ich eine Arbeit als Übersetzerin bei einem kleinen Verlag annahm. Er hat 1970 eine Französin geheiratet, zwei Jahre später kam Pippa zur Welt. Pippas Mutter starb an Krebs, als Pippa vier Jahre alt war. Ich wurde ihre Ersatzmutter, und als Werner drei Jahre später bei einem Verkehrsunfall ums Leben kam, nahm ich die siebenjährige Pippa in meine Obhut. Ich beschloss kurzerhand, nach Deutschland zurückzukehren, als man mir in einem Mannheimer Verlag ein Angebot machte, französische Belletristik zu übersetzen. Bei Pippa machte sich sehr früh bemerkbar, dass sie das Talent ihres Großvaters geerbt hatte. Sie malte und zeichnete schon als kleines Mädchen stundenlang still in einer Ecke. Wie ich es angeblich als Kind auch tat. So ließ ich sie Kunst studieren …«

Selma Dornheimer hielt inne. In ihrer Stimme lag plötzlich etwas Undefinierbares. Dann fuhr sie fort: »Sie hat leider nichts aus ihrem Talent gemacht. Sie brach das Kunststudium ohne Diplom ab. Sie kam in … zweifelhafte Kreise.«

Selma Dornheimer fuhr fort. Sie klang sehr brüsk.

»Und dann ist sie mir entglitten. Völlig entglitten. Sie, deren Ersatzmutter ich war, stieß mich zurück. Dabei waren wir oft für Mutter und Tochter gehalten worden. Wegen der verblüffenden Ähnlichkeit. Ich weiß nicht mehr über sie außer ihrer Adresse, die ich gestern angab auf dem Polizeirevier. Und morgen …«

»Ja, es wird ein schwerer Gang morgen«, sagte Gontard.

»Und vielleicht ist es ja nicht Pippa«, versuchte Anna, die ewige Optimistin, ihre Besucherin aufzumuntern. Statt auf Annas Bemerkung einzugehen, erhob sich Selma Dornheimer und bat, man möge sie nun entschuldigen, sie sei schrecklich müde.

Auch Gontard erhob sich langsam von seinem Sessel.

Wie schwerfällig er geworden ist, dachte Anna.

Wie ich ihn liebe, das dachte sie auch.

Und gemeinsam verließen sie ihr gemütliches Wohnzimmer.

Kapitel 17 | Gontards Traum

Eine junge Frau schwebte in dieser Nacht durch Gontards Träume.

Es war kein angenehmer Traum, wie man hätte vermuten können. Die junge Frau im roten Kleid war zwar wunderschön, doch an ihrem Hals klaffte eine entsetzliche Wunde, die über und über mit ekelhaften riesengroßen schillernden Schmeißfliegen besetzt war. Die blasse junge Frau, die ganz offensichtlich tot war, schwebte wie eine Lebende durch einen Raum, in dem seltsamer Lärm herrschte. Es war, als hämmere jemand pausenlos auf einen Tisch, und an allen vier Wänden waren Gemälde aufgestellt: monumentale Schinken, alpenländische Genreszenen mit Pfarrern und Bauern, die lange Pfeifen rauchten, und mit Mädchen in bayrischer Tracht. Schneebedeckte, hohe, zerklüftete, furchterregende Berge. Gemälde mit üppigen Haremsdamen. Eine davon, in Schleier gehüllt, tanzte und trug auf einem Tablett das abgeschlagene Haupt eines Mannes. Johannes der Täufer, wisperte eine Traumstimme im Off. Die Tanzende kam auf Gontard zu, der auf einem Thron saß und der grässlichen Szene abwehrend zusah.

Ich bin nicht Herodes, rief der Traum-Gontard. Die Tänzerin trug viel Schmuck, und beim Näherkommen erkannte Gontard in ihr Anita Müller-Baum.

Er lachte, so grotesk war die Vorstellung, dass die schmuckversessene dicke Sammlerin sich in seine Träume geschlichen hatte. Er stieß die Schamlose von sich.

Das goldene Tablett fiel klirrend zu Boden, und wie ein Ball kullerte das Haupt von Johannes dem Täufer über den grellbunten seidenen Perserteppich, der auf den Stufen vor dem Thron ausgebreitet lag. Jetzt erst bemerkte Gontard, dass der Geköpfte die Gesichtszüge des Liebhabers der Tanzenden trug.

»Cornelius«, lachte sie höhnisch, und der Traum-Gontard lachte aus vollem Hals mit.

Er erwachte von seinem eigenen, seltsam krächzenden rauen Gelächter.

»Hast du was Lustiges geträumt?«, fragte Anna schlaftrunken. »Wie schön für dich.«

Und sie schlief augenblicklich wieder ein.

Gontard lag lange wach und grübelte darüber, was der Traum ihm hatte sagen wollen.

Über dem vergeblichen Grübeln nach einem Sinn schlief er schließlich ein.

Kapitel 18 | In der Pathologie

Hauptkommissar Manfred Berberich wartete schon ungeduldig auf Gontard und Selma Dornheimer. Seltsam unnahbar erschien heute wieder der einst so freundliche, joviale Mann mit dem jungenhaften Gesicht. Es war, als habe er ein für alle Mal Scheu vor Nähe, als habe ihn die enttäuschende Erfahrung mit Kollegen misstrauisch gemacht, auch seinem freundschaftlich gesinnten ehemaligen Chef Gontard gegenüber.

Ach, wie schade, dachte Gontard wieder, dass sich unsere herzliche Beziehung so gewandelt hat. Er versagt mir die Freundschaft, der einstige Freund. Traurig, dieser Verlust.

Die junge Tote im sterilen Raum der Pathologie lag wie Schneewittchen mit Haaren schwarz wie Ebenholz, Haut weiß wie Schnee und einem Mund rot wie Blut. Die hohen Wangenknochen, die im Tod wie schmollend vorgeschobene Unterlippe, die mit einem Tuch dezent verdeckte Stelle, wo sich, wie Gontard wusste, die hässliche klaffende Wunde befand.

Plötzlich konnte Gontard nun mit absoluter Sicherheit sagen, dass diese Tote identisch war mit der schönen Unbekannten von *Le Thorone*t, vom *Mus*ée Gra*net* in Aix-en-Provence.

Selma Dornheimer sagte leise, aber bestimmt: »Es ist Pippa, die Tochter meines Bruders Werner. Es ist Pippa Dornheimer.«

Wie unbewegt ihre Stimme klingt, dachte Gontard. Selma Dornheimer und ihre Nichte mussten eine große Entfremdung erlebt haben.

»Pippa Dornheimer, geboren am 15. August 1972.«

»Was war sie von Beruf?«, erkundigte sich Manfred Berberich.

»Von Beruf? Nichts.«

Gontard war schockiert über diese Antwort, zeigte sie doch die Enttäuschung einer Frau, die alles getan hatte für ihre Nichte und dafür nur Zurückweisung erfahren musste.

Selma Dornheimer schaute zu Gontard hinüber und sagte: »Wie auch immer. Der Mörder muss gefunden werden.«

»Eigentlich bin ich der offizielle Ermittler«, ließ sich Manfred Berberich vernehmen.

Es klang beleidigt, als sei er ängstlich darauf bedacht, sich die Kompetenz nicht absprechen zu lassen.

Der sensible Gontard spürte all diese negativen Schwingungen.

»Du wirst immer empfindsamer«, hatte Anna erst vor ein paar Tagen gesagt, und sie hatte wohl Recht.

»Ich dachte zuerst«, sagte Manfred Berberich, als wolle er einlenken: »Ich dachte zuerst, dass Sie die Mutter der Toten sind. Der Gesichtsschnitt. Verblüffend ähnlich.«

»Ja, ich weiß, das hat man mir oft gesagt. Früher, als alles in Ordnung war zwischen uns. Familienähnlichkeiten gibt es nicht nur zwischen Kindern und Eltern.«

»Hatte Ihre Nichte Feinde?«, wollte Berberich wissen.

»Vielleicht. Sie war immer schon schwierig. Sie war nicht …«, sie suchte nach einem Wort. »Sie war kein liebenswerter Mensch. Ich meine, charakterlich. Vom Äußeren her fanden viele sie ›liebenswert‹. Allzu liebenswert.«

Es klang abschätzig und war auch so gemeint.

»Und es kann Feinde schaffen, wenn man allzu liebenswert erscheint beim anderen Geschlecht. Feinde und Feindinnen. Männer, die in festen Händen waren. Manchmal auch ältere Männer.«

Berberich stellte noch einige Fragen zu Pippa Dornheimers finanziellen Verhältnissen, doch Selma Dornheimer war offenbar nicht in der Lage oder nicht gewillt, hierzu Informationen zu geben. Sie machte aber eine Aussage, die Berberich und Gontard mit Erstaunen aufnahmen.

»Pippa rief mich vor einiger Zeit überraschend an und teilte mir mit, dass sie in Frankreich den Spuren ihres Großvaters Jakob Dornheimer nachgehen wolle. Und sie sprach von einem interessanten Auftrag. Interessant und lukrativ. Ich konnte mir keinen Reim darauf machen. Alle meine Fragen blockte sie ab und legte einfach auf. Das war die letzte Nachricht von ihr. Und nun liegt sie da …«

Zum ersten Mal zeigte Selma Dornheimer so etwas wie eine Regung von Trauer, doch sie hatte sich sehr schnell wieder im Griff und sagte zu Gontard: »Lass uns von hier weggehen.«

»Kommen Sie bitte morgen früh zu mir ins Präsidium, Frau Dornheimer. Ich habe noch ein paar Fragen an Sie, aber ich glaube, für heute ist es genug.«

Selma Dornheimers nicht ganz sichere Schritte und ihre plötzliche Gesichtsblässe waren für den aufmerksam beobachtenden Gontard ein Zeichen dafür, dass sie ihre Stärke nur vorgetäuscht hatte. Sie wäre im Flur dieser schrecklich sterilen Pathologie umgefallen, hätte Gontard sie nicht rechtzeitig gestützt.

»Blut ist doch dicker als Wasser«, sagte sie. »Trotz allem.«

»Bis morgen«, sagte Manfred Berberich zu Selma Dornheimer. Gontard würdigte er keines Blicks. Was geht da vor sich, dachte Gontard. Kann man es Altersdiskriminierung nennen? Er stört sich vielleicht daran, dass ich in diesem Fall von Wichtigkeit sein könnte.

»Ein seltsamer Mensch«, sagte Selma Dornheimer, als sie wieder etwas zu Kräften gekommen war.

»Mir tut er leid«, sagte Gontard. »Unendlich leid. Und ich weiß noch nicht einmal, warum.«

Dann fügte er hinzu: »Er ist im Grunde ein guter Mensch. Und ein guter Kriminologe.«

Er führte Selma Dornheimer zu seinem Wagen. Sie war auf sein

Angebot, für eine weitere Nacht die Gastfreundschaft der Gontards in Anspruch zu nehmen, mit Freude eingegangen.

Sie hat vor etwas Angst, ging es durch Gontards Kopf. Vor etwas oder vor jemand?

Vielleicht hatte Anna wirklich Recht, wenn sie meinte: »Du wirst immer empathischer. Du bist mir manchmal geradezu unheimlich.«

Kapitel 19 | Wie gewonnen, so zerronnen

In diesem ungewöhnlich heißen Sommer waren die Meinungen geteilt. Wie im Bilderbuch, sagten die einen, die anderen klagten über die »Hitze wie in Afrika«.

Die Ermittlungen um die Tote am Ladenburger Neckarufer stagnierten, als lähme die Hitze nicht nur die Menschen, sondern als hemme sie die Ereignisse, führe zum Stillstand des aktiven Lebens.

Lilli rief in aller Frühe an, sie müsse den Besuch verschieben, Fredi habe aus dem Kindergarten eine Sommergrippe mitgebracht und auch die kleine Schwester angesteckt. Lotta habe recht hohes Fieber, und ein Besuch bei den Großeltern in Hohenkirch sei vorläufig ausgeschlossen.

»Aufgeschoben ist nicht aufgehoben, aber trotzdem schade«, sagte Anna am Telefon.

Selma Dornheimer und Gontard fuhren nach Heidelberg zum Polizeirevier. Unterdessen lieferte das Auktionshaus das ersteigerte Gemälde nach Hohenkirch, bevor Gontard Bescheid geben konnte, es möge in Selma Dornheimers Wohnung nach Mannheim-Lindenhof gebracht werden. Vielleicht hatte ihn unbewusst seine Sammlerleidenschaft davon abgehalten, rechtzeitig das Auktionshaus von der Mannheimer Adresse zu benachrichtigen. Er hatte das Bild ersteigert, so sollte das *Mädchen im roten Kleid* wenigstens für einen Tag in seinem Haus »wohnen« dürfen.

Selma hatte plötzlich darauf bestanden, von Heidelberg aus mit der Bahn heimzufahren. Sie habe die Großzügigkeit der Gontards zur Genüge erfahren dürfen, meinte sie.

Anna ließ das Bildnis ins Untergeschoss bringen, in die kleine Kellerwohnung, die Lilli immer als »Papas Räuberhöhle« bezeichnet hatte. Dort waren in »schöner Gemütlichkeit«, wie der Hausherr die Atmosphäre in dieser recht unordentlichen Behausung nannte, altes Porzellan, Fayencen, Gläser, Heiligenstatuen in Regalen und Hängeschränkchen untergebracht: Stücke, die in der oberen Wohnung keinen Platz mehr gefunden hatten und durch Annas Veto in die untere Etage verbannt worden waren. Dort ließ sie das *Mädchen im roten K*leid durch die Lieferanten vom Auktionshaus aufstellen. Sie war begeistert von dem Kinderbildnis, stand lange nachdenklich davor. Schade, dass es nicht bleiben durfte, das *Mädchen im roten Kleid*. Aber ja, es gehörte Selma, nicht den Gontards.

Selma war wieder in ihre Wohnung zurückgekehrt. Ihre Angst schien sich gelegt zu haben, wie es Gontard erschien.

Pippas Leiche war noch nicht zur Beerdigung freigegeben worden. Doch Selma würde sich um alles kümmern und Vorbereitungen in einem Mannheimer Bestattungshaus treffen.

An diesem heißen Julitag waren die Gontards später als sonst zu Bett gegangen. Das Abendessen auf der Terrasse hatte geradezu mediterranes Flair. Der Lavendelduft des Gartens, die in diesem Jahr sehr früh aufblühenden Sträucher: Schmetterlingsstauden, Weigelien, die Oleanderbüsche in Rosa und Weiß, das Olivenbäumchen. Die allerersten Sonnenblumen und die Hortensien, all diese üppige Flora im Garten der Gontards, gaben Anna und Friedrich das Gefühl, immer noch ein bisschen Südfrankreich in den Odenwald hinübergerettet zu haben.

»Sommerlicher als im Mai neulich an der Côte d'Azur, stimmt's?«, fragte Anna und bestrich ein Knoblauchbaguette mit Reblochon, ihrem auserkorenen Lieblingskäse.

»Nur das Meer müssen wir uns dazudenken«, erwiderte Gontard. »Aber wir sind ja Menschen mit Fantasie.«

Die beiden tranken an diesem Abend ihren Lieblings-Rosé aus dem Var, den *Vin de Provence* von der *Domaine Le Reïre* mit dem Anspruch, ein *vin biologique* zu sein. »Santé und in memoriam«, sagte Gontard und erhob sein Glas.

»In memoriam wovon?«

»Ja, vielleicht von all den schönen Stunden«, antwortete ihr Ehemann.

»Vielleicht aber auch in Erinnerung an die mysteriösen Begegnungen mit Pippa Dornheimer?«, fragte Anna Gontard.

Eine Wolke hatte sich über den sommerlich-lauen Abend gelegt.

»Na, du wirst doch nicht eifersüchtig auf eine Tote sein?«

»Wein bekommt mir nicht«, sagte Anna.

Gontard lenkte die Unterhaltung auf den leider aufgeschobenen Besuch von Lilli, Fredi und Lotta.

»Also werden wir die Wurzelzwerge im Hohenkircher Wald und den Lieblingsbaum oben vorläufig noch nicht besuchen.«

Enkel Fredi glaubte noch fest an die Existenz kleiner Leute mit Zipfelmützen, die in den unterirdischen Gängen des Odenwalds wohnten und dort geschäftig hin und her wuselten. Und mit vier Jahren durfte man auch an solche Märchenwesen glauben und einen Lieblingsbaum sein eigen nennen.

»Und morgen wird unser *Mädchen im Roten Kleid* abtransportiert werden. Nach Mannheim, in Selma Dornheimers Wohnung, wo es hingehört«, sagte Gontard seufzend.

»Schade«, sagte Anna Gontard.

Doch es sollte anders kommen.

»Hast du auch gut abgeschlossen in deiner Räuberhöhle?«, fragte Anna.

»Ja doch«, antwortete ihr Ehemann im Brustton der Überzeugung.

Aber als er am nächsten Morgen ins Untergeschoss ging und nach »seinem« Bild sehen wollte, fand er nur eine leere Stelle da, wo es am Vorabend noch gestanden war.

Die Diebe hatten leichtes Spiel gehabt. Die Tür war nicht verschlossen gewesen.

Oft hatte Gontard sich mokiert über die Nachbarn und auch vor allem über seine Kollegen bei der Polizei, die ihre Häuser und Wohnungen in Hochsicherheitstrakte verwandelten und mit den modernsten technischen Raffinessen ausstatteten. Er selbst verweigerte sich jeglicher Alarmanlage und ähnlicher Mätzchen für paranoide Mitbürger. Wer einbrechen will, der knackt die sicherste Verriegelung, das war seine Devise.

Als er Manfred Berberich anrief und ihm berichtete, das ersteigerte Gemälde sei über Nacht gestohlen worden, brach der Kripochef in Hohngelächter aus. Er hielt die Nachricht für einen Scherz. Gontard ging nicht auf den Heiterkeitsausbruch Berberichs ein und sagte: »Nun glaube ich immer mehr, dass es um das Gemälde ein Geheimnis gibt und dass es mit dem Ladenburger Fall zu tun hat. Der Mord an der Enkelin des Malers Jakob Dornheimer und der Raub seines Gemäldes, das kann kein Zufall sein. Wenn ich nur wüsste, wo der gemeinsame Nenner ist.«

»Helfen Sie mir, den gemeinsamen Nenner zu finden, Chef?«

Das war der herzliche Manfred Berberich von früher, und Gontard sagte erfreut in den Telefonhörer: »Nichts, das ich lieber täte.«

»Ich komme nachher vorbei mit meinem Tross von der Spurensicherung«, sagte Berberich. »Unter meiner Würde, nur einem Diebstahl nachzugehen, aber dies ist ja wohl mehr als ein Diebstahl.«

»Vielleicht führt er uns zum Mörder«, sagte Gontard, und er dachte: Ich glaube immer mehr, dass es so sein wird.

Kapitel 20 | Indizien

Mit ungewohnter Empathie erkundigte sich Manfred Berberich nach dem Befinden der Gontards. So ein Schrecken, und wie leicht hätte der Diebstahl in einen Überfall und Schlimmeres ausarten können. Zum Glück hatten die Gontards so fest geschlafen und hatten nichts Verdächtiges gehört. Berberich konnte sich ein wenig Häme allerdings nicht verkneifen. Dieser Leichtsinn, diese Vertrauensseligkeit, sein Haus nicht besser abzuschließen.

Die Spurensicherung fand wenig Interessantes, denn der Dieb oder die Diebesbande war behutsam vorgegangen, musste keine Tür aufhebeln, keine Schlösser aufbrechen. Da das Gemälde nicht überdimensional groß gewesen war, hätte es ein Einzelner tragen können.

Die Nachbarn wurden befragt. Sie hatten kein verdächtiges Geräusch gehört. Nichts. Kein Motorengeräusch, keine Stimmen, kein Kratzen oder Knacken.

»Was ich nicht verstehe«, sagte Manfred Berberich und schaute sich in Gontards Räuberhöhle um: »Soweit ich Banause das erkennen kann, sind diese Möbel und das Porzellan und all das doch bestimmt wertvoll. Ist da wirklich nichts gestohlen worden außer dem Bild?«

»Nein, absolut nichts«, erwiderte Gontard. »Abgesehen davon, dass Antiquitäten momentan nicht mehr das wert sind, was sie einmal waren, sehen Sie doch, wie sehr das *Mädchen im roten Kleid* ein Objekt der Begierde war.«

»Ja, das macht Sinn«, gab Berberich zu, und die beiden Männer gingen nach oben.

Selma Dornheimer wurde telefonisch benachrichtigt.

»Wir werden die Diebe finden«, sagte Manfred Berberich.

»Finden Sie Pippas Mörder«, sagte Selma Dornheimer. Dann legte sie auf.

So wenig ergiebig die Spuren am Ort des Diebstahls waren, so erfolgreich zeigten sich nun die Ermittlungen in Richtung Mordfall.

»Es haben sich einige Indizien gefunden«, vertraute der Kripochef seinem Co-Ermittler Gontard an. »Interessante Hinweise auf einen oder eher auf zwei Zeugen.«

Er sah etwas verlegen drein.

»Das Gras war niedergetreten ganz in der Nähe des Fundorts der Leiche, und es gibt Hinweise, die auf eine Wolldecke deuten. Faserspuren. Und nicht nur Faserspuren. Nun ja, da war ein Liebespaar aktiv.«

Er ist doch wie ein großer Junge, dachte Gontard. Ein wenig verklemmt auch.

»Verstehe«, erwiderte er schnell, um Berberich detaillierte und für ihn offenbar peinliche Erklärungen zu ersparen.

»Dann muss das Liebespaar gefunden werden«, fügte er hinzu.

»Wir sind selbstverständlich dabei, und wir glauben, dass es einen Zusammenhang zwischen diesen Zeugen und dem anonymen Anruf gibt, der uns auf den Tatort und die Leiche aufmerksam machte. Die Stimme am Telefon war eine weibliche Stimme, und es war eine junge Stimme, so viel war trotz der Verstellung festzustellen.«

»Welche anderen Hinweise gibt es außerdem in unserem Fall?«, wollte Gontard wissen.

Er bereute das Wort »unserem«, denn Berberich zuckte etwas zusammen. Er fürchtet mal wieder um seine Position, dachte Gontard, und er berichtigte diplomatisch: »In Ihrem Fall natürlich. Ich bin doch nur ein … Zeitzeuge, der hilfreich sein kann, wenn es tatsächlich einen Zusammenhang zwischen dem Mord und dem Diebstahl dieses Gemäldes gibt, das ich als kleiner Junge schon einmal gesehen habe.«

»Wir haben Pippa Dornheimers Wohnung durchsucht und Erstaunliches gefunden. Sie muss doch recht aktiv gewesen sein als Malerin. Da war ein kleines Atelier. Die Farben waren kürzlich noch benutzt worden, die Pinsel steckten in Terpentineimern, und es gab drei Gemälde jeweils auf einer Staffelei. Die Farben waren noch nicht getrocknet.«

»Was waren das für Gemälde, die da auf der Staffelei standen?«, fragte Gontard.

»Ich bin ja kein Kunstkenner«, antwortete der Kripochef, »eher ein Kunstbanause. Mich interessiert mehr, wie mein Fußballclub FSV Mainz 05 gespielt hat, als welcher Maler welches Bild gemalt hat.«

Oh, sein Interesse an Fußball ist zurückgekommen, dachte Gontard, ein gutes Zeichen.

Berberich fuhr fort: »Aber Banause hin, Banause her, zwei Gemälde kamen sogar mir irgendwie bekannt vor. Auf dem einen Bild waren so ein paar nackte Frauen drauf, die Farben waren grün und blau, und auf dem anderen Bild war ein kleines Kind zu sehen, in einem langen Kleid, es könnte ein Junge oder ein Mädchen sein, es hat kurze helle Haare …«

»… und es hält eine Taube in der Hand«, ergänzte Gontard. Er starrte ins Leere. »Der interessante Auftrag. Der lukrative Auftrag«, entfuhr es ihm, doch Berberich schaute ihn nur verständnislos an.

»Ich muss Ihnen das erklären. Selma Dornheimer sprach davon, dass ihre Nichte ihr von einem lukrativen und interessanten Auftrag erzählt habe. Das war kurz vor ihrem Tod.«

»Na und?«

»Pippa Dornheimer war eine Kunstfälscherin beziehungsweise war gerade dabei, eine zu werden. Cézanne, Picasso, mit diesen berühmten Malern lässt sich Geld verdienen, man findet ab und zu ›verschollene‹ Gemälde der großen Meister, dafür gibt es einen

Markt. Und offenbar hat sie an den beiden Gemälden von Picasso und Cézanne geübt. Denn diese beiden bekannten Gemälde hängen schon in Museen. Oder bei einem Privatsammler. Ach, bevor ich es vergesse: Wie sah das dritte Gemälde aus, das auf einer Staffelei stand?«, fragte Gontard.

»Kein Motiv, das mir bekannt vorkam, was aber nichts heißen will. Irgendwas mit Bergen und einem Gebirgsbach und Bäumen und einem Hirten oder so ähnlich. Aber ich schaue noch mal in den Akten nach, ich habe mir die Signatur aufgeschrieben.«

»Die gefälschte Signatur«, murmelte Gontard.

»Endlich, endlich«, rief Berberich aus. »Endlich haben wir ein Motiv. Pippa Dornheimer hatte einen reichen Auftraggeber, und jemand wollte sich eine Mitwisserin vom Hals schaffen. Oder wollte nicht zahlen. Die entscheidende Frage ist: In wessen Auftrag hat sie die Bilder gefälscht?«

»Ich denke, wir sollten im Umfeld der Kunstauktion suchen«, sagte Gontard. »Ich war anwesend, ich habe das Bild ersteigert. Das Motiv für Pippa Dornheimers Ermordung war, wie es aussieht, Habgier, Geiz, vielleicht aber auch Rache wegen einer Denunziation?«

Manfred Berberich schien dieses dritte Motiv nicht nachvollziehen zu können, und Gontard erklärte: »Pippa könnte den Auftraggeber denunziert haben, ihn erpresst haben, vielleicht weil er ihr zu wenig zahlen wollte, und der tötete sie aus Rache oder um sich eine Mitwisserin vom Hals zu schaffen.«

Berberichs Schweigen war Beweis genug dafür, dass er gerne das Heft wieder selbst in die Hand genommen hätte, doch er musste einsehen, dass Gontard ihm auf dem Terrain der Kunstszene überlegen und ein Insider war.

»Ich würde vorschlagen«, sagte Gontard sehr behutsam, »wir statten dem Alleinerben des Brüningschen Nachlasses, aus dem das Gemälde *Mädchen im roten* Kleid stammte, einen Besuch ab. Er soll in bescheidenen Verhältnissen leben. In Ladenburg, soviel ich weiß, wie auch seine verstorbenen reichen Verwandten. Er ist mir bei der Auktion aufgefallen. Er scheint mir das Erbe mehr als nötig zu haben. Sein Pokerface hat keine Regung gezeigt. Erst als das Gemälde von Jakob Dornheimer einen unerwartet hohen Pries erzielt hat, war da in seinem Gesicht ein Anflug von Zufriedenheit. Vielleicht erfahren wir von ihm etwas über das Bild beziehungsweise seine Vorgeschichte.«

Der Rest des Besuchs wurde mit Smalltalk verbracht.

Das traurige Ende von Belami, den Manfred Berberich auch gekannt hatte, wurde besprochen, ebenfalls der abgesagte Besuch der Enkel.

»Lilli möchte aber möglichst bald den ›Urlaub auf dem Bauernhof‹, wie sie es nennt, nachholen. Mit gesunden Kindern und fitten Großeltern.«

»Es muss schön sein, eine Familie zu haben«, sagte Manfred Berberich, und es klang ein wenig nach Sehnsucht.

Vielleicht ist es das, was ihn quält, dachte Gontard. Mehr noch als der Frust mit den mobbenden Kollegen in Ludwigshafen. Und wieder beschlich ihn ein Gefühl von Mitgefühl für diesen Kripochef, der in einem Korsett ungeklärter Empfindungen und Hemmnisse gefangen schien.

»Bis morgen dann«, verabschiedete sich Manfred Berberich.

Und wieder klang es brüsk. Offiziell. Als bereue er, dass er die Tür zu seiner Seele ein wenig zu weit geöffnet hatte.

Als Manfred Berberich gegangen war, saß Gontard lange sinnierend an seinem Lieblingsplatz im Wohnzimmer und schaute auf die Terrasse hinaus und zum gegenüberliegenden Hügel, einem wunderschönen Wiesenhang, durch den sich ein von Alleebäumen gesäumter Mäanderweg zog. In den letzten Jahren waren im unteren Teil des Hügels Häuser gebaut worden, die im Sommer fast ganz hinter dem Blätterwerk von Pappeln und Büschen versteckt waren. Zum Glück war der obere Teil des Hügels nicht als Bauland freigegeben worden.

Anna musste noch Besorgungen machen, und Gontard hing seinen Gedanken nach.

Manfred Berberich ging ihm durch den Kopf, vor allem aber die Fälle, der Mordfall und der Diebstahl des Gemäldes. Er ließ die Szene im Auktionshaus vor seinem geistigen Auge Revue passieren. Die Menschen, die bei der Versteigerung anwesend gewesen waren, die ihm aufgefallen waren, sie gingen ihm nicht aus dem Kopf: Die verbissene Schmucksammlerin Anita Müller-Baum und ihr junger Liebhaber, dann der ölige Berchtesgadener Kunsthändler, sein Sammlerfreund Harald Brunner, und zuletzt der Blonde, der zu spät erschienen war und so eifrig mitgeboten und ihn nach der Auktion angepöbelt hatte. Und ihm war plötzlich bewusst, dass nicht nur ein Besuch bei dem Alleinerben anstehen würde, auf den er sehr gespannt war.

Kapitel 21 | Der Alleinerbe

Friedrich Gontard und Manfred Berberich dachten zuerst, sie hätten sich in der Adresse geirrt. Dies war doch das Haus Nummer 126a in der Hadrianstraße, oder? Eine gute Wohngegend. Hübsche Häuser und gepflegte Vorgärten.

Doch dieses Haus fiel aus der Reihe, weil es sich in einem Zustand der Verwahrlosung befand. Im kleinen Vorgarten wucherten Gras und Brennnesseln um die Wette. An der Hausfassade blätterte der Putz ab, die Veranda zeigte Spuren von Wasserschäden, der Jägerzaun war schadhaft und das Gartentürchen hing schief in den Angeln.

An der Klingel war ein Namensschild aus Pappe angebracht, das den Kriminologen sagte, dass sie sich nicht geirrt hatten. Hier wohnten Klaus und Carina Brüning.

Die Klingel funktionierte nicht, aber die Hausbesitzer, die auf den angekündigten Besuch vorbereitet waren, hatten die Ankunft der beiden Männer schon bemerkt. Die Haustür wurde geöffnet.

Die Besucher hatten nach ihrer Verwunderung über den lamentablen Zustand des Grundstücks mit allem gerechnet, nur nicht mit dem Anblick einer ausgesprochen gepflegten, hübschen, sehr modisch gekleideten Frau um die 40 mit blonder sportlicher Strähnchenfrisur, mit Kreolenohrringen und einem geschmackvollen silbernen Halsschmuck.

Carina Brüning bat die Männer höflich ins Haus, dessen Mobiliar ebenso schäbig war wie die Hausfassade, dazu von billigem und kitschigem Geschmack zeugend. Gontard, der mit zunehmendem Alter immer sensibler auf unwirtliches und geschmackloses Ambiente reagierte, wäre gerne geflohen. Ein Geruch von Moder und Unsauberkeit schlug den Besuchern entgegen, und widerwillig ließen sie sich auf dem schmuddeligen Sofa nieder, das die so gepflegt aussehende Hausherrin ihnen anwies.

»Das wird sich bald alles ändern«, sagte sie, der das Unbehagen der beiden nicht entgangen war. »Er hat ja nun endlich geerbt.«

Das klang ausgesprochen vorwurfsvoll, und sie beeilte sich zu berichtigen: »Wir haben geerbt. Zum Glück. Denn er kann mit Geld nicht umgehen. Zuerst keins verdienen, dann keins verwalten. Das wird meine Aufgabe sein müssen.«

»Ich werde auch noch ein Wörtchen mitreden dürfen«, sagte der Mann, der jetzt das Zimmer betrat. Pokerface, dachte Gontard.

Erst jetzt fiel ihm auf, dass das Pokerface ein recht attraktives war. Gleichmäßige Gesichtszüge, ein sehr männliches, markantes Kinn, kluge, sehr hellblaue Augen. Die leicht ergrauten längeren blonden Haare hatte er heute mit einem Band festgehalten. Er trug die gleichen ausgebeulten Hosen, das gleiche nicht sehr saubere Hemd, die schmuddelige Cordjacke wie bei der Auktion. Understatement eines reichen Mannes? Das heißt, das Geld würde ja erst noch fließen.

Der Kripochef erläuterte kurz den Grund für sein Erscheinen und das seines »werten Kollegen«. Gontard konnte sich ein Schmunzeln nicht verkneifen.

Die Nachricht vom Diebstahl des Gemäldes beunruhigte die Brünings offenbar nicht. Ihre Schäfchen waren im Trockenen. Das Bild war versteigert worden, und sie wollten es ja ohnehin loswerden. Dass es zwischen dem Diebstahl und einem ungeklärten Mordfall an einer jungen Frau einen Zusammenhang geben könnte, verschwieg Berberich zunächst. Nur einige Routinefragen waren nötig, beteuerte er.

»Wo waren Sie eigentlich bei der Auktion, Frau Brüning?«, entfuhr es Gontard.

Die Frau zuckte erschrocken zusammen, denn damit hatte sie offensichtlich nicht gerechnet.

»Was soll die Frage?«, antwortete sie wie von der Tarantel gestochen. »Ich interessiere mich halt nicht für alten Kram. Ich war, wenn Sie es genau wissen wollen, in Mannheim beim Shoppen. Jetzt kann ich es mir ja leisten.«

Ach ja, das noble Outfit, dachte Gontard. Das war anscheinend die Ouvertüre zum zukünftigen Luxusleben.

»Da gibt es noch eine andere Sache. Vielleicht können Sie uns behilflich sein.«

Manfred Berberich hatte sich diesen Trumpf wohlwissend aufgespart. Er zog einige Fotos aus der Tasche und zeigte sie zuerst dem Mann, dann der Frau.

»Kennen Sie diese Person?«

Die Wirkung seiner Worte, vielmehr des Anblicks der Fotos war unglaublich. Klaus Brüning erblasste. Sein Pokerface verriet aber sonst nichts. Dann begann es, um seine Mundwinkel zu zucken.

Er stotterte: »Nein, ich kenne diese Person nicht. Woher auch?«

Er schaute zu seiner Ehefrau hinüber, die seltsam steif dasaß und mit einem kurzen vorwurfsvollen Blick sagte: »Ich habe diese Frau nie gesehen. Nicht tot und nicht lebendig.«

Warum fragen die beiden nicht, wer die Frau auf dem Foto ist? Weil sie sie kennen, mutmaßte Gontard.

»Die Frau ist Pippa Dornheimer, die Enkelin des Künstlers, der das Bild *Mädchen im roten Kleid* gemalt hat. Wir wissen noch nicht, wie das Gemälde in den Besitz Ihrer verstorbenen Verwandten geraten ist, aber es ist nicht abwegig zu vermuten, dass es eventuell aus einem Naziraub stammt. Wenn Sie wissen, was das ist.«

Die Entgeisterung, die sich in den Gesichtern des Ehepaars Brüning spiegelte, bewies, dass sie sehr wohl wussten, was das bedeutete und welche Konsequenzen das für sie haben würde. Das Gemälde würde aus der Erbmasse herausgenommen werden. Hatte Carina Brüning zu vorschnell ihre Luxuseinkäufe gemacht?

Die beiden Kriminologen spürten, dass sie fürs Erste genug gefragt hatten. Sie würden bei Gelegenheit nachhaken, aber es gab andere Verhöre zu führen. Sie verabschiedeten sich höflich, und der Kripochef dankte für die Mithilfe bei den Ermittlungen. Was das gestohlene Gemälde betraf, so würden sie benachrichtigt werden, sobald es neue Erkenntnisse gäbe.

Als die beiden Männer freudig und erleichtert das modrig riechende Haus verlassen und die angenehme Sommerluft einatmen durften, hörten sie beim Schließen des quietschenden Gartentürchens, wie das Ehepaar Brüning in Streit geriet.

»Du kennst sie *doch*«, rief eine aufgebrachte Frauenstimme.

»Du und deine krankhafte Eifersucht«, konterte der Ehemann.

Ein Türknallen folgte.

»Ich denke, wir kommen wieder«, sagte Manfred Berberich zu seinem ehemaligen Chef.

»Ach, da fällt mir was ein.« Gontard schlug sich vor den Kopf. »Sie wollten mich doch benachrichtigen wegen des dritten Bildes, das Sie in Pippa Dornheimers Wohnung vorfanden. Haben Sie die Signatur nachgesehen?«

»Ja, ich bin ja nicht weniger vergesslich als Sie«, meinte Berberich. »Defregger war der Name.«

»Ach. Ist ja interessant. Ich hab es vermutet. Defregger war ein Genremaler des 19. Jahrhunderts. Er wird hoch gehandelt in letzter Zeit. Das Alpenländische ist wieder in. Fünfstellige Preise erreicht ein Defregger heutzutage wieder.«

Bei dem Wort »alpenländisch« zögerte er, und er sah den Berchtesgadener Kunsthändler vor sich. Ob er …?

Zutrauen würde ich es ihm, dem cleveren Fuchs, dachte Gontard. Ein lukrativer Auftrag für Pippa Dornheimer.

Er behielt den Gedanken vorläufig für sich, denn dafür war sein

Verdacht zu sehr auf seiner subjektiv empfundenen Antipathie dem Kunsthändler gegenüber gegründet.

Aber dennoch war dieser Gedanke es wert, nicht ganz vergessen zu werden.

Kapitel 22 | Waldeseinsamkeit

Gerti Silbernagel atmete tief durch. Der sengenden Hitze im Dorf war sie entflohen. Sie nahm ihren Hund Rex fester an die Leine. Der Riesenhund, neben dem die sowieso schon kleinwüchsige Herrin fast zwergenhaft wirkte, gab ihr ein Gefühl von Sicherheit, wie ihr der Wald ein Gefühl von Geborgenheit gab. Von der Ferne aus hätte man die beiden für Rotkäppchen mit dem Wolf halten können.

Wie kann man nur von der Rheinebene hierher in den südlichen Pfälzer Wald ziehen, in den Wasgau, und das noch freiwillig, so hatten ihre Familie und ihre Bekannten gelästert.

Diese düstere Tanneneinsamkeit, von den anderen kopfschüttelnd als hinterwäldlerischer Horror gescholten, war ganz in ihrem Sinn, entsprach ihrer Natur nach selbstgewähltem Rückzug, nachdem ihre Beziehung zu Arnold so jammervoll gescheitert war. Sie fuhr sich energisch und trotzig mit der Hand durchs wuschelige graublonde Lockenhaar.

Sie war klein, aber stark, und auf das Gerede ihrer Mitmenschen gab sie wenig.

Rex trottete in seiner machtvollen Größe neben ihr her, schnüffelte mal rechts, mal links, ohne seine Hauptaufgabe zu vergessen: seine Herrin zu beschützen. Ja, sie fühlte sich wohl hier in der Nähe von Dahn und Pirmasens, ihrer Wahlheimat. Frankreich war nicht weit, das Elsass und Lothringen. Das Dorf Hinterweidenthal hatte ihr gut gefallen, und ihre kleine Wohnung hätte gemütlicher nicht sein können. Ludwigshafen ade!

Auch wenn ihre ehemaligen Kollegen, ihre Freunde und ihre Familie ihr prophezeit hatten, sie würde es nicht länger als ein halbes Jahr bei den Hinterwäldlern aushalten, das Tannendickicht würde sie in die Depression treiben und sie würde wieder zurückkehren in die freie, weite Vorderpfalz: Sie war nun schon zwei Jahre hier, und niemals würde sie sich von dieser Gegend trennen, die ihre Heimat geworden war.

Vor allem die vielen Sagen, die hier kursierten, hatten es ihr angetan. Die Sage vom Jungfernsprung, von der vom bösen Ritter verfolgten Unschuld. Die Geschichten um die Burg Lindelbrunn und die Sage vom Teufelstisch.

Der Teufelstisch! Da vorne ragte zwischen den Tannen die Felsformation aus rotem Stein hervor, der größte der zahlreichen sogenannten Pilzfelsen hier in der Gegend. Er sah wirklich aus wie ein riesiger Tisch, und er überragte den dichten Wald.

Gerti Silbernagel nahm ihren Hund noch fester an die Leine, denn die gruselige Sage vom Teufelstisch jagte ihr jedes Mal, wenn sie in die Nähe des Felsens kam, Schauer über den Rücken.

Der Teufel hatte der mündlichen Überlieferung nach hier einen Rastplatz gesucht, hungrig und müde. Mit rotglühenden Augen hatte er über den Pfälzer Wald geblickt, doch vergebens. Keine Beute in Sicht. Voll Zorn hatte er drei Felsen ergriffen und sie so aufeinandergestellt, dass er einen Tisch bekam. Er vesperte, ruhte sich aus und ging weiter, ließ den Tisch stehen.

Die Leute im Tal sahen am nächsten Tag den seltsamen Felsen mit Staunen und riefen: »Dort hat der Teufel sein Mahl gehalten.«

Einer unter ihnen lachte die anderen aus und meinte: »Diese Nacht will ich das Mahl mit ihm teilen!«

Er ging gegen Abend auch tatsächlich hin, und um die zwölfte Stunde hörte man ihn schrecklich schreien. Die Leute bekreuzigten sich und schlichen nach Hause.

»Er hat wieder sein Mahl gehalten, der Teufel«, sagten sie. Und sie nannten seither den Felsen »Teufelstisch«.

Gerti Silbernagel war nun unterhalb des Felsens angekommen, und sie setzte sich auf einen von Riesenfarnen umgebenen Steinbrocken. Sie atmete wieder tief, um die Kühle des Waldes in vollen Zügen zu genießen. Rex stöberte unruhig zwischen den dürren Ästen, den vom Sturm gefällten Baumstämmen und Brombeerhecken.

Ob es schon bald Pilze gibt, dachte Gerti Silbernagel. Aber nein. Nicht so früh und schon gar nicht in diesem trockenen, heißen Sommer.

Ein seltsamer Geruch stieg ihr in die Nase. Es war der Geruch von Verwesung und Tod. Die Sage vom Teufelstisch kam ihr in den Sinn. In diesem Moment bellte Rex laut, gebärdete sich wie toll. Die Frau zögerte, weigerte sich, mit dem Anblick konfrontiert zu werden, der sich ihrer Fantasie aufdrängte.

Wie kindisch von mir, dachte sie. Es wird ein Tierkadaver sein, ein Reh, ein Wildschwein, gewiss nicht die Überreste des vom Teufel verspeisten jungen Mannes aus der Volkssage.

Sie näherte sich dem großen Felsbrocken, hinter dem Rex unentwegt tobte und bellte.

Der Hund hielt den Zipfel eines Kleidungsstücks im Maul, zerrte und zog. Der junge Mann, der da im Farn lag, sah grässlich aus. Einer von dieses Kletterern, die am Wochenende die Gegend hier unsicher machten und partout nicht davon abzuhalten waren, auf den Sandsteinfelsen herumzukraxeln, dachte Gerti Silbernagel. Er ist abgestürzt. Ich muss Hilfe im Dorf holen. Vielleicht kann man ihn noch retten. Es gibt manchmal Wunder.

Mit aller Kraft riss die kleine Frau ihren Neufundländer von dem am Boden Liegenden los, rannte wie eine Besessene und mit fliegendem Lockenhaar zum Parkplatz hin, wo sie immer ihren Wagen abstellte, und hielt vor dem ersten Haus des Dorfes.

Gerti Silbernagel stieg mit letzten Kräften aus, ging um das Haus herum zur Terrasse, wo ein älteres Ehepaar unter einer gestreiften Markise in Liegestühlen lag und las. Mit versagender Stimme meldete sie den erschrockenen Leuten, da drüben am Teufelstisch liege ein Mann. Abgestürzt vom Felsen. Man musste ihm helfen. Aber Gerti Silbernagel wusste genau, während sie das sagte, dass jede Hilfe zu spät kam und der Mann im hohen Farnkraut tot war.

Das Ehepaar benachrichtigte die örtliche Feuerwehr und die Notfallambulanz.

Als die Männer am Teufelstisch ankamen, rief einer aus: »Da ist nichts mehr zu machen. Der ist nicht erst seit heute tot. Das ist ein Fall für die Mordkommission.«

Und er zeigte auf eine große klaffende Wunde, die in der Herzgegend des Toten durch das zerrissene Hemd zu sehen war.

»Der Teufel hat wieder Festmahl gehalten, wie es aussieht«, sagte sein Kollege.

Die Männer, alles Einheimische, kannten die Sage und nickten nur. Und einer von ihnen bekreuzigte sich stumm.

Kapitel 23 | Urlaubsfotos

»Die Urlaubsfotos sind fertig«, empfing Anna ihren Mann, als er eintrat.

Sie saß mit einer Tasse voll dampfendem Tee auf der Terrasse, am kleinen Beistelltisch mit dem schweren gusseisernen Fuß und der runden Marmorplatte. Ein Bistrotisch, der ihr ein wenig das Gefühl gab, sie befände sich in einem Wiener Kaffeehaus oder immer noch in den Ferien in Frankreich.

»Ach, ein Sommer wie im Bilderbuch«, seufzte sie wohlig.

»Klimawandel kann man es auch nennen«, meinte Gontard.

»Ach, sei doch nicht immer so negativ, Friedrich. Guck mal, ein bisschen Urlaubsgefühl rette ich mir gerade in unseren Odenwälder Alltag hinüber«, erwiderte sie und reichte ihrem Mann den Umschlag mit den Fotos.

Er kam nicht dazu, von seinem Besuch beim Alleinerben zu berichten, und eigentlich gab es auch keine nennenswerten Neuigkeiten. Carina Brünings Eifersucht war vielleicht wirklich krankhaft und grundlos. Der Ehemann war, so fiel es Gontard im Rückblick auf, jener nachlässige Typ Mann, der ohne Anstrengung auf Frauen wirkte. Ein Künstlertyp.

»Interessierst du dich gar nicht für unsere Fotos?«, fragte Anna leicht beleidigt. »Wieder mal in Gedanken beim Mordfall?«

»Mehr oder weniger«, erwiderte Gontard und nahm das erste Foto zur Hand.

»Ach ja, alles schon so weit weg. Der schöne Urlaub«, sagte er wehmütig und schaute auf das Foto mit dem Mohnblumenfeld inmitten eines Olivenhains.

»Monet ließ grüßen, ja …«, fiel Anna ein. »Und guck mal, die vielen Fotos mit dem goldenen Ginster.«

Es folgten die Impressionen von Aix-en-Provence: eine Café-Szene mit einer roten Katze in einem Korbsessel. Das Tante Emma-Lädchen von Rocbaron mit seiner hölzernen, schön bemalten Ladenfassade. Die wunderbaren edlen weißen Villen von Hyères. Ein malerischer Brunnen unter Platanen. Hoch oben die französische Marianne auf einer Säule mit der Inschrift: *A la gloire de la République Française*. Eine romanische Dorfkirche, Anna posierend davor. Eine Strandszene mit Segelbooten und Surfern im Hintergrund. Anna mit ihrer Sonnenbrille mit den großen runden Gläsern, lachend. Gontard vor einem Château, als sei er der Schlossherr. Ein paar Eselchen auf einer Weide inmitten von Ginster und Klatschmohn.

»Da kommen die Fotos von deiner Kult-Abtei«, sagte Anna in mokantem Ton. »Tausende davon.«

Tatsächlich hatte Gontard hier besonders oft geknipst. Der Schlafsaal der Mönche. Die Krypta. Der Brunnen im Waschhaus. Goldgelbes Licht und im Hintergrund Personen, die im Kreuzgang standen. Die Lilien im Innenhof. Fremde.

Gontard zuckte zusammen, und er rückte das Foto näher an seine Augen heran. Er holte eine Lupe. Der blonde Mann da, der jenseits des Kreuzgangs im runden Bogenfenster der Abtei zu sehen war, er war kein Unbekannter. Die Frau, die im anderen Doppelfenster, ihm zugewendet ebenfalls im Profil zu sehen war, auch sie war Gontard nun nicht mehr unbekannt. Es war Pippa Dornheimer. Er hatte sie fotografiert, sie und ihren Begleiter.

»Das darf die dicke Anita aber nicht erfahren«, entfuhr es ihm, und Anna schaute ihn entgeistert an.

Gontard war seiner Frau eine Erklärung schuldig, wenn sie ihn nicht für dement halten sollte.

»Der Blonde. Ich kenne ihn. Das war der Schnösel, der uns neulich auf der Heimfahrt von *Le Thoronet* überholt hat. Er ist der Liebhaber einer Sammlerin, die zur Heidelberger Kunstszene gehört. Anita Müller-Baum heißt die Dame. Sie lässt keine Auktion aus. Und das ist Pippa Dornheimer. Ich bin mir völlig sicher.«

»Vielleicht sind auf dem Fotos von Aix-en Provence die beiden auch drauf«, meinte Anna. »Hier, im *Musée Granet*. Ist sie das nicht auch?«

Die junge Frau im roten Kleid stand da, in die Betrachtung eines Gemäldes versunken, leicht verborgen von einer Alabasterstatue. Es war eines der wenigen Cézanne-Gemälde in diesem Museum.

Ach ja, es macht Sinn, dachte Gontard.

Cézanne. Das Interesse der Fälscherin?

Noch war dies aber eine Vermutung und bestimmt im Interesse der Ermittlungen, die Sache klein zu halten.

Anna hatte wohl weiter gedacht und fragte: »Also Anita Müller-Baum sollte nichts wissen von der Liaison, wenn sie aber doch davon wusste, dann … dann habt ihr doch ein Motiv, Berberich und du, und eine potentielle Täterin? Was meinst du?«

Das Telefon schrillte.

Es war Manfred Berberich. Er klang aufgeregt.

»Ich bekomme eben eine Nachricht von der Kripo Ludwigshafen. Im Pfälzer Wald bei Dahn ist eine männliche Leiche gefunden worden. Übel zugerichtet. Die Identität steht aber fest. Er wohnt in Dahn. Hat ein Kunst-und Antiquitätengeschäft. Ich habe erste Fotos gesehen: ein blonder Mann, noch jünger, um die 40, würde ich sagen. Die Kollegen von Ludwigshafen haben die Wohnung des Toten durchsucht und etwas gefunden, das uns interessiert. Ich glaube, Sie sind nun gefragt, Chef. Als Kunstexperte, als Insider der Antikszene und um mich zu entlasten. Wissen Sie, ich bin sehr befangen im Umgang mit … mit der Kripo Ludwigshafen. Sie wissen ja …!«

»Ich weiß, ja, aber kommen Sie doch bitte zur Sache: Was hat man denn gefunden in der Dahner Wohnung?«

»Das gestohlene Bild, das zur Fahndung ausgeschrieben war. Unser *Mädchen im roten Kleid.*«

»Nein, ist nicht möglich«, rief Gontard aus.

Anna kam besorgt in den Flur gelaufen, denn ihr Mann stand kreidebleich am Telefon und musste sich auf den kleinen weißen Stuhl daneben setzen.

»Der Mann heißt nicht zufällig Cornelius Schenck? Ach nein, wie komme ich darauf«, berichtigte sich Gontard. »Der ist ja kein Antiquitätenhändler, und er wohnt auch nicht in Dahn.«

»Cornelius Schenck? Nein. Der Tote heißt Jochen Gerschke.«

»Wie ist er umgekommen?«

»Erstochen. Vermutlich. Die Mordwaffe fehlt.«

Berberich fügte hinzu: »Der Fundort unterhalb vom Teufelstisch ist geradezu gruselig. Alle Pfälzer kennen die Felsformation. Und die Sage drumherum.«

»Ja, ich kenne die Sage auch: Das ist doch diese Gruselstory mit dem verspeisten Jüngling?«

Berberich wurde amtlich: »Selma Dornheimer muss benachrichtigt werden. Ihr Bild ist gefunden. Und der vermutliche Dieb des Bildes ist ein Mordopfer.«

Dann fragte er, und es klang fast flehentlich: »Kommen Sie zu mir ins Präsidium? Morgen früh gleich?«

Da war mehr der Kunstexperte als der Kriminologe gefragt. Mehr der psychologische Helfer als der Ermittler. Friedrich Gontard war zufrieden mit diesen Rollen. Und er fragte sich, wo er den Namen Gerschke schon einmal gehört hatte. Sein Namensgedächtnis hinkte seinem Gedächtnis für Gesichter, für Personen hinterher. Obwohl: Was sein Gedächtnis für Gesichter betraf, so hatte es in Pippa Dornheimers Fall lange gedauert, bis der Groschen gefallen war.

Es hat irgendwie mit der Vergangenheit zu tun, so spukte es in seinem Kopf herum.

Selma kann mir helfen, dachte er. Aber er wusste nicht genau, warum.

Er beschloss spontan, zu ihr zu fahren. Nachdem er Anna einen kurzen Bericht vom Inhalt des Telefonats gegeben hatte, sagte sie: »Wie schön, dass das Gemälde wieder da ist. Dann hat also der Mann, der nun tot ist, uns einen nächtlichen Besuch abgestattet?«

»Das ist noch lange nicht erwiesen«, erwiderte Gontard und war schon zur Tür hinausgegangen.

Ach, die blühen auch schon, dachte er, als er die Höhenstraße hinunterfuhr. Anna hatte auf dem Friedhof der Kuscheltiere hohe Sonnenblumen eingepflanzt. Wie die Zeit vergeht. Nun ist schon Hochsommer, und wir suchen einen Mörder. Oder vielleicht sind es zwei.

Kapitel 24 | Trauer

Eine überraschte Selma Dornheimer öffnete die Tür zum Appartement Nummer 20 in der Waldparkstraße 33a in Mannheim-Lindenhof. Sie führte den Besucher in ein geschmackvoll eingerichtetes Wohnzimmer. An den Wänden hingen Miniaturen und Aquarelle. Es war noch Platz für ein größeres Gemälde, wie Gontard konstatierte.

Er äußerte den Gedanken laut: »Ich habe eine gute Nachricht für dich, liebe Selma. Du kannst dir einen Platz für *Mädchen im roten Kleid* aussuchen. Es ist aufgetaucht, leider unter unschönen Umständen.«

Gontard berichtete nun von dem Toten im Pfälzer Wald. Er gab all die Informationen weiter, die er von Berberich bekommen hatte. Als er den Namen des Toten nennen wollte, befiel ihn ein Blackout. Er kam einfach nicht auf diesen vermaledeiten Namen.

»Das macht mir wirklich Angst«, sagte er. »Ich merke wirklich mein Alter, und ich frage mich, was das mal wird. Diese Amnesie!«

»Ich bin einige Jahre jünger, und mein Namensgedächtnis ist bestimmt noch miserabler«, beruhigte ihn Selma.

»Gerschke!«, rief Gontard auf einmal. »Ja, Gerschke. Jochen Gerschke, das ist der Name. Und er ist Kunsthändler, wohnt in Dahn und hat dort auch ein Geschäft. Das hat Berberich gesagt.«

Selma Dornheimer, die gerade in die Küche gehen wollte, um für sie beide einen Kaffee zu machen, blieb wie angewurzelt stehen.

»Ich habe den Namen schon einmal gehört«, sagte Gontard.

»Aber … ich weiß nicht mehr in welchem Zusammenhang. Erschreckend, finde ich.«

Er schlug sich vor die Stirn, als ob seine grauen Zellen dadurch besser in Gang kämen.

Wortlos ging Selma Dornheimer zu dem Biedermeiersekretär in der Ecke, zog die obere Schublade auf und kramte etwas hervor, legte es vor Gontard auf den Tisch. Er kannte das Schreiben. Es war einer der Briefe, die Selma Dornheimer neulich abends in Hohenkirch Anna und ihm vorgelesen hatte. Es war der Brief, den Jakob Dornheimer an Ernst und Bruni Paulmann in Sanary-sur-Mer geschrieben und nie abgeschickt hatte.

Selma Dornheimer deutete auf einen Abschnitt, und Gontard las:

»Ich hatte lange gezögert, Ihnen mein Gemälde *Mädchen im roten Kleid* anzuvertrauen. Erstens, um Sie nicht in Gefahr zu bringen, zweitens aus Misstrauen. Nein, nicht aus Misstrauen gegen Sie, sondern gegen Ihre Haushälterin, Thekla Schmitz. Ich weiß, Sie vertrauten ihr hundertprozentig, ich ahnte aber und weiß nun mit Sicherheit, dass sie mit einem SS-Mann ein Verhältnis hatte. Diesem SS-Mann, Kurt Gerschke, war Thekla Schmitz absolut hörig. Eine Freundin meiner Frau Elsa, die über das Verhältnis Bescheid wusste und die in Briefkontakt mit ihr war, ließ uns eine weitere Information zukommen, die uns beide schockierte: Besagter Kurt Gerschke hatte einen Bruder, der mit Kunst handelte, vor allem aber mit Porträts. Elsa und ich befürchten, liebe Paulmanns, dass Ihre »treue Thekla« unser Gespräch an jenem Vorabend unserer Flucht belauscht haben könnte. Wenn wir nur wüssten, was aus Ihnen geworden ist, was aus dem Gemälde geworden ist.«

Gontard hielt mit dem Lesen inne. Entgeistert schaute er Selma Dornheimer an: »Das kann doch kein Zufall sein? Gerschke: Der Name ist nicht so häufig, und der Wohnort ist Dahn, wo Onkel Ernst und Tante Bruni wohnten. Ist Jochen Gerschke, der Tote vom Pfälzer Wald, ein Sohn, oder eher ein Enkel von Kurt

Gerschke? Vielleicht der Sohn oder eher Enkel seines Bruders, des Kunsthändlers? Es würde einen Sinn ergeben. Der Freund von Thekla Schmitz stahl das Gemälde aus dem Haus der Paulmanns, vielleicht im Auftrag seines Bruders. Das Gemälde kam dann auf Umwegen nach dem Krieg – oder schon davor – in den Besitz des Sammlerehepaars Brüning. Mir schwirrt der Kopf von all den Spekulationen.«

Die beiden saßen sich eine Weile schweigend gegenüber, tranken ihren Kaffee, den Selma Dornheimer mittlerweile gemacht hatte, während Friedrich den Briefauszug las. Erst jetzt bemerkte Gontard, dass seine Gastgeberin ein verweintes Gesicht hatte.

»Pippa«, erklärte sie. »Ja, es ist wegen Pippa. Endlich kann ich weinen. Ich weinte schon die ganze Zeit, bevor du gekommen bist. So ist das bei mir immer. Vielleicht habe ich das Weinen schon als Kind verlernt. Damals, als wir fliehen mussten. Ich hatte lange Heimweh nach der schönen Pfalz, dem Städtchen Dahn. Den lieben Nachbarn. Den Freundinnen. Nach meinen Haustieren, Wotan und Isolde. Und nach meinem großen Bruder Friedrich.«

»Als Kind damals musst du geweint haben«, sagte Gontard sichtlich bewegt. »Dein Vater zitiert in seinem Brief eine Stelle aus Shakespeares *Sturm*. Prospero, der mit seinem Töchterchen Miranda aus seinem Königreich vertrieben wird. Und er hat auch davon gesprochen damals. Da war ich ein kleiner Bub und Zeuge des Abschieds.«

Nach einer Weile fügte Gontard hinzu: »Seltsam, dass einige Szenen und Episoden in der Erinnerung umso plastischer werden, je älter man wird.«

»Ja, so ist es.«

Selma Dornheimer sah ihren einstigen »Bruder« aus ihren verweinten Augen an.

»Weißt du, worüber ich mehr weine als über Pippas Tod? Es ist dieses verschwendete Talent. Sie machte nichts Besseres aus diesem einzigartigen Talent, das sie von ihrem Großvater geerbt hatte, als sich als Fälscherin zu verdingen. Und sich von Männern abhängig zu machen.«

Dabei fiel es Gontard ein, dass er Selma noch nichts von der Liaison zwischen Pippa und Cornelius Schenck erzählt hatte, der von einer älteren, sehr betuchten, sehr eifersüchtigen Schmucksammlerin ausgehalten wurde. Selma Dornheimer hatte diesen Namen noch nie gehört.

»Gleich und gleich gesellt sich gern, oder wie heißt das Sprichwort?«, meinte Gontard.

»Wie meinst du das?«

»Na ja, beide ließen sich aushalten, profitierten von ihrem attraktiven Äußeren. Cornelius Schenck ist ein äußerst gutaussehender junger Mann. Pippa war eine Schönheit.«

»Und die Schmuckdame war extrem eifersüchtig, sagst du? Das wäre doch ein Motiv für den Mord an Pippa: Eifersucht, oder?«

»Eins von mehreren möglichen Motiven, ja«, gab Gontard ihr Recht.

Selma Dornheimer fuhr sich ein wenig nervös durchs ergraute dichte Haar.

»Finde Pippas Mörder«, sagte sie.

Es klang sehr müde, und sie fuhr fort: »Darf ich dich nun hinauskomplimentieren? Pippa war einmal mein Ersatzkind. Nein, mein Kind. Vor der Entfremdung …«

»Ja, ich weiß, Menschen entfremden sich«, sagte Gontard und dachte dabei an Manfred Berberich.

»Du bist mir nicht böse? Aber ich möchte nun alleine sein«, sagte Selma Dornheimer sehr leise.

»Wie kann man einer kleinen Schwester böse sein?«, entgegnete Gontard und zog vorsichtig die Tür zum Appartement Nummer 20 hinter sich zu.

Kapitel 25 | Ein Bekannter

Der Tote auf den Fotos vom Tatort sah weniger attraktiv aus als der lebendige Jochen Gerschke: ein Mann Mitte bis Ende 40, adrettes blondes Haar, dunkle Augen, eine markante Nase, ein leicht spöttischer Mund mit einem Anflug von Härte.

»Die habe ich von Ludwigshafen übermittelt bekommen«, sagte Berberich. »Die Fotos von Gerschke. Als Lebender und als Toter.«

»Das ist der Blonde von der Auktion«, rief Gontard so laut und überrascht, dass der Kripochef erschrak.

Er runzelte fragend die Stirn.

»Der Mann ist mir aufgefallen, weil er verspätet zur Auktion kam, eigentlich, wenn ich es bedenke, fast pünktlich zum Ersteigern des Dornheimer-Gemäldes. Und er hat erbittert mitgeboten. Und ...«, fügte Gontard hinzu, »er hat mich angepöbelt, als ich das Auktionshaus verließ und mir das Bild zugeschlagen worden war. Er war wütend, und nun denke ich, seine Worte waren eine Warnung oder sogar eine Drohung.«

Gontard wiederholte sinngemäß die Worte des zornigen Mannes von neulich.

»Und dann hat er sich geholt, was er auf legalem Weg nicht bekommen konnte«, stellte Berberich lakonisch fest. »Und es sieht nach einer Obsession aus, dass er dieses Bild haben wollte.«

Das Telefon auf seinem Schreibtisch klingelte.

Er hob ab und hörte eine Weile zu, dann sagte er: »Hört sich interessant an. Wir kommen gerne. Ja, Herr Gontard auch. Ja … als Zeitzeuge, jawohl.«

Berberich notierte sich eine Adresse, verabschiedete sich von seinem Gesprächspartner und legte auf.

»Kripo Ludwigshafen«, sagte er kurz angebunden. »In Gerschkes Wohnung in Dahn hat man auf dem Dachboden eine Kiste mit Militaria aus dem Zweiten Weltkrieg gefunden. Und das wäre doch was für Herrn Gontard, dessen Spezialgebiet diese Zeit ist. Die Nazizeit. Er hat sie doch erlebt. Und da wäre vielleicht was zu finden.«

Gontard fühlte sich einerseits geehrt, wenn er als kompetenter Zeitzeuge gewürdigt wurde, auf der anderen Seite spürte er die negativen Schwingungen, die im Raum standen. Manfred Berberich hatte wirklich ein Problem. Er konnte nur schwer abgeben, zumal die Aufforderung, einen kompetenten Zeitzeugen zu den Ermittlungen heranzuziehen, von seiner alten Dienststelle kam, die er gekränkt verlassen hatte.

»Fahren wir nach Dahn«, sagte er, merklich um Nonchalance bemüht.

Das ehemals großbürgerliche Haus, am Rande des Städtchen Dahns gelegen und mit Blick auf den Felsen Jungfernsprung, machte einen mehr als vernachlässigten Eindruck. Das Schild *Gerschke-Antiquitäten An-und Verkauf* war verblichen, und im Schaufenster des Antikladens sah man lieblos hingestellte bäuerliche Weichholzmöbel: eine Truhe, drei Stühle, ein Regal, einen großen, unrestaurierten Pfälzer Bauernschrank aus Eiche. Irdene Schüsseln und Hausrat aus Emaille, einige sakrale Hinterglasbilder: Heilige und Madonnen. Alles in schlechtem Zustand.

Wer kauft das heute noch, fragte sich Gontard, der den Markt bestens kannte. Diese Art von Antiquitäten war seit einiger Zeit nicht mehr gefragt. Rustikales, Bäuerliches war total aus der Mode gekommen. Der Händler Jochen Gerschke konnte nicht im Überfluss gelebt haben.

Ein Polizeibeamter und ein Mann von der Spurensicherung, die mit den beiden Kriminologen aus Heidelberg gerechnet hatten, führten die beiden auf den Dachboden, vorbei an »antiken« Kinderwagen auf hohen Rädern, blinden Spiegeln, *Bric-à-brac* eher neueren Datums, vergilbten Tischdecken und Porzellanfiguren, die vorgaben, aus dem 18. Jahrhundert zu stammen, die jedoch eher 50 als 250 Jahre alt waren. Da war nicht ein einziges Stück, das den Sammler Gontard in diesem Antiquitätengeschäft zum Kauf gereizt hätte.

Auf dem Dachboden herrschte ein Chaos ohnegleichen, doch der Mann von der Spurensicherung ging zielstrebig auf einen ovalen Spätbiedermeiertisch zu, der nach sorgfältiger Restaurierung ein schönes Möbel hätte werden können, wie Gontard registrierte. Auf dem Tisch stand ein hübsches Kästchen, oder eher eine kleine Truhe, aus rötlichem Kirschbaumholz, die Gontard gefiel. Doch der Inhalt war, zumindest für die Ermittlungen im Mordfall Gerschke, momentan interessanter für ihn. Die Kiste enthielt Orden, Fotos und Dokumente.

Nach etwa einer halben Stunde des Sortierens und Prüfens, während der Gontard ständig ausrief »unglaublich«, »nein, das ist doch nicht zu fassen …«, wandte er sich Berberich zu, der immer unruhiger und neugieriger wurde.

»Das ist sowas wie ein Heiligenschrein, ein Devotionalien-Koffer, was weiß ich, doch der Heilige ist der Verwandte von Jochen Gerschke. Er hat diesen Onkel, den ehemaligen SS-Mann Kurt Gerschke, verehrt wie einen Heiligen, und ich glaube, dass seine fanatische Begeisterung für diesen Mann sehr viel mit dem Diebstahl des Gemäldes aus meinem Haus und … mit seiner Ermordung zu tun hat.«

»Ein politischer Mord, wollen Sie das damit sagen?«, fragte Manfred Berberich. »War Gerschke einer von diesen Neonazis? Kein Skinhead, sondern einer im feinen Anzug? Es könnte doch sein, dass Gerschke in rechtsradikalen Kreisen verkehrte, die haben ja wieder Auftrieb seit ein paar Jahren, und dadurch ist er zur Zielscheibe für die politisch andere Richtung geworden.«

»Soweit würde ich nicht gehen«, wiegelte Gontard ab. »Das alles, das Sammeln von Erinnerungsstücken seines Onkels, all das lässt mich eher an eine Obsession glauben, die unpolitisch ist. An Familienehre denke ich dabei. Etwas in der Art. Aber Ihre Theorie ist auch nicht von der Hand zu weisen. Kein bisschen.«

Ein großes Schwarzweißfoto mit einem kantig aussehenden Mann in SS-Uniform lag obenauf. Darunter der Schriftzug: *mein geliebter Onkel Kurt*. Gontard stellte eine gewisse Ähnlichkeit zwischen Kurt Gerschke und seinem Neffen Jochen fest, dem Toten vom Teufelstisch-Felsen. Die gleichen scharfgeschnittenen Gesichtszüge, die man attraktiv und edel hätte nennen können, wäre da nicht ein harter, grausamer Zug um den Mund des Mannes auf dem alten vergilbten Foto gewesen, der, soweit Gontard sich erinnerte, bei dem Neffen nicht ganz so ausgeprägt war.

Ein Orden an rotem Band kam zum Vorschein, geschwärztes Silber mit einem Adler und einem Hakenkreuz.

»Oh, der Gefrierfleischorden«, rief Gontard aus.

Den jüngeren Männern, dem Mann von der Spurensicherung und dem Polizeibeamten, erklärte er: »So nannte man die Ostmedaille, die Hitler persönlich gestiftet hatte, um die Moral des Heeres zu stärken, die arg gelitten hatte nach den schrecklichen Verlusten in der Winterschlacht von 1941/42.«

Gontard deutete auf das rote Band mit dem schwarzweißen Querstreifen: »*Schwarz ist die Nacht, weiß ist der Schnee, zu beiden Seiten die Rote Armee.* So haben wir gespöttelt über diesen Orden.«

»Warum der Name Gefrierfleischorden?«, fragte der junge Mann von der Spurensicherung.

»Na ja, viele Soldaten trugen damals grässliche Erfrierungen davon, in Russland. Ich war ja auch bei dem Schlamassel dabei.«

Gontard gab sich einen Ruck. Die schreckliche Zeit als Kindersoldat, wie er sie gerne bezeichnete, brachte er nicht gerne zur Sprache.

Er hob ein Dokument hoch.

Es war eine »Würdigung des heldenhaften Einsatzes des Kameraden Kurt Gerschke gegen den bolschewistischen Feind während des Winters 1941/42«.

Gontard kramte weiter, stapelte Dokument auf Dokument, las. Er hielt den Atem an.

»Dies ist eine Rechnung. Nein, eine Quittung. Aus den 50er Jahren. Ausgestellt am 18. September 1954 für den Erhalt von 600 DM für das Gemälde *Mädchen im roten Kleid.*«

»Können Sie entziffern, wie der Käufer hieß?«, wollte Gontard von Manfred Berberich wissen.

»Meine Augen lassen so sehr nach, ich sehe nur: Daunig, aber verschwommen.«

»Braunig?«, rätselte Berberich. »Nein, Bräunig. Oder Brünig.«

»Gucken Sie noch mal genau, könnte das nicht ›Brüning‹ heißen?«

»Ja, Sie haben Recht. Horst Brüning ist der Käufer. Und der Verkäufer ist Karl Gerschke, Antiquitätenhändler.«

»Das muss Jochen Gerschkes Vater gewesen sein, Kurt Gerschkes Bruder«, folgerte Gontard. »Jochen Gerschke hat das Geschäft seines Vaters Karl übernommen. Und ich vermute, dass Kurt Gerschke das Gemälde aus dem Haus von Tante und Onkel Paulmann gestohlen hat, nachdem er von Thekla Schmitz einen Tipp bekommen hatte.«

»Wer ist Thekla Schmitz?« Berberich verstand nun nichts mehr.

Statt einer Antwort deutete Gontard auf ein Foto, das er gerade entdeckt hatte.

»Dies hier ist Thekla Schmitz. Sie war die Hausangestellte meiner Verwandten, denen Jakob Dornheimer vor seiner Emigration das Gemälde anvertraut hatte. Und sie war die Geliebte des SS-Mannes Kurt Gerschke, des Onkels des Ermordeten. Also hatte Dornheimer Recht. In seinem Brief warnt er die Paulmanns vor Thekla. Zu spät, der Brief wurde nie abgeschickt, und er hätte Onkel Ernst und Tante Bruni eh nicht mehr erreicht. Sie waren schon lange tot, als er den Brief im Exil schrieb.«

Gontard gab nun einen präzisen, aber knappen Bericht der Zusammenhänge. In seinem Innern spulte sich der Film des Vergangenen ab.

Ein weiteres Foto zeigte ein Hochzeitspaar. Auf der Rückseite stand: *Thekla und Kurt. 28. August 1940*. Da musste Thekla Schmitz Mitte 20 gewesen sein. Ob sie noch lebte?

Ob Kurt Gerschke noch lebte? Die Antwort auf Gontards Fragen fand sich in einem Umschlag mit Todesanzeigen. *In ewigem Gedenken*, stand auf dem Umschlag zu lesen.

Thekla Gerschke geb. Schmitz * 9. 4. 1914+ 6. 5. 1999.

Sie war 85 Jahre alt geworden. Von Kurt Gerschkes Tod zeugte ein Foto. Es war das Foto eines Kriegerdenkmals mit dem Namen Gefallener: *Kurt Gerschke, gefallen 1944, Weißrussland.*

Das war alles.

»Jochen Gerschke kannte seinen geliebten Onkel Kurt gar nicht persönlich. Er ist selbst erst 1956 geboren«, rief Manfred Berberich.

»Ja, ein Fall von krankhaftem Totenkult. Heldenkult. Und vielleicht war Tante Thekla nicht ganz unschuldig, was die obsessive Verehrung ihres gefallenen Mannes durch den Neffen Jochen betraf. Sie könnte ihm von Kurt Gerschkes heldenhaften Kriegsabenteuern erzählt haben«, spekulierte Gontard. Dann sagte er zu Berberich: »Ob das Ehepaar Brüning von der zweifelhaften Provenienz des Gemäldes wusste? Ob sie ahnten, dass es ein gestohlenes Gemälde war? Dass der Künstler Jakob Dornheimer Jude war? Allein der Name hätte darauf schließen lassen können. Ein signiertes Gemälde. Ob sie es wussten und es nicht wissen wollten? Ich kenne die Sammlerseele«. »Von mir selbst. Und die Sammlerseele hat dunkle Flecken. Man will nicht immer alles so genau wissen.«

Berberich musste ein wenig lächeln.

»Wir werden all das nie erfahren, fürchte ich«, sagte Gontard. »Aber ich bin fest davon überzeugt, dass es einen Zusammenhang gibt zwischen dem Mord an Pippa Dornheimer und dem Mord an Jochen Gerschke. Nur weiß ich noch nicht, welchen.«

Als die beiden Kriminologen nach getaner Arbeit das Anwesen des Antiquitätenhändlers Jochen Gerschke verließen, blieb Gontard plötzlich stehen.

»Darf ich um einen kleinen Abstecher bitten?«, fragte er. »Lange war ich nicht mehr hier, sehr lange, und mit dem Städtchen verbinden mich viele schöne Kindheitserinnerungen. Die Ferien bei Onkel und Tante Paulmann. Die Freundschaft mit Selma Dornheimer.«

Die Häuser der beiden Familien, beides stattliche großbürgerliche Gebäude im Stil der Gründerzeit, hatten sich kaum verändert. Ein schicker weißer Porsche stand im Hof der ehemaligen Dornheimer-Villa. Da war der riesige Kastanienbaum, unter dem die Kinder Selma und Friedrich so gerne gespielt hatten. Die Gartenlaube war verschwunden und hatte einem Carport Platz gemacht. Ein großer Hund bellte hinter dem schmiedeeisernen Zaun. Wotan, fragte sich Gontard.

Das ehemalige Haus der Paulmanns war von einem Gerüst umgeben. Eine Katze lag auf einem der unteren Bretter, doch es war nicht Isolde. Kinderlachen war zu hören. Ein größerer Junge und ein jüngeres Mädchen kamen um die Ecke gerannt, einem Ball hinterher, der auf die Straße zu rollen drohte. Das Mädchen erwischte den Ball, und die beiden Kinder verschwanden wieder im Hof. Friedrich Gontard gab Berberich mit seltsam heiserer Stimme ein Zeichen: »Zeit zum Aufbrechen, es ist schon spät.« Als sie nach Heidelberg zurückfuhren und die moderne neue Brücke bei Speyer aus rotem und blauem Stahl überquerten, sagte Gontard: »Der Rhein, immer wieder schön. Und ist es hier nicht gleich viel heller als im düsteren Pfälzer Wald?«

Statt zu antworten, atmete Manfred Berberich tief durch und nickte.

Kapitel 26 | Eine Café-Szene

Das Mädchen und der Junge am Tisch im hintersten Eck des Cafés am Markt schauten sich verlegen an.

Beide hatten ein hohes Glas mit Eiskaffee vor sich stehen.

»Gut, dass du hergekommen bist«, begann der junge Mann. »Ich hab gedacht, du willst mich nie mehr sehen, nachdem ... du weißt schon.«

»Da hast du richtig gedacht.«

Sie schaute dem Jungen zum ersten Mal seit ihrer Wiederbegegnung direkt in die Augen und senkte den Blick sofort wieder, nippte an ihrem Strohhalm.

»Es tut mir wirklich furchtbar leid«, begann der Junge abermals. »Ich weiß auch nicht, was da über mich gekommen ist.«

Er wurde ein ganz klein wenig rot.

»Na, ich weiß schon, was über dich gekommen ist. Man fühlt sich furchtbar, wenn man ...«

»Verzeih mir bitte. Verzeih mir, Eva. Du musst mir glauben, dass ich mich dafür richtig ... richtig hasse. Und es soll nie mehr vorkommen, wenn ... du mir verzeihen kannst.«

Eva antwortete nicht, sog an ihrem Strohhalm, stach ein Stück Eis mit dem langen Silberlöffel ab. Soll er noch ein wenig zappeln, stand in ihrem Gesicht geschrieben. So leicht kommt er mir nicht davon.

In die betretene Stille hinein sagte der Junge plötzlich: »Morgen geh ich zur Polizei.«

Das Mädchen blickte erstaunt hoch.

»Du willst dich selbst anzeigen, weil du mich …?«

»Nein. Doch nicht wegen dir und mir. Nicht wegen der dummen Sache. Obwohl das ja auch ein Unrecht war, ein wirklich großes Unrecht.«

Das Mädchen verstand nicht, schaute den Jungen fragend an.

»Ich habe den Kerl neulich gesehen. Nur kurz, aber ich könnte ihn vielleicht erkennen. Wenn die ein Foto haben bei der Polizei. Vielleicht ist er ja in der Kartei. Oder ich könnte ihn beschreiben, die könnten mit dem Computer ein Fahndungsfoto von ihm machen.«

»Doch dann kommt das doch raus, auch das mit dir und mir.«

»Egal. Kommst du mit, Eva? Dann ist alles halb so schlimm. Du könntest mir damit zeigen, dass du mir … dass du mir ein wenig verzeihst.«

Eva hatte den Kaffee mit dem Strohhalm aufgesogen und löffelte nun das Eis aus, langsam und voller Genuss, sah den Jungen, der den Kopf gesenkt hielt, von der Seite an.

Es tut ihm wirklich leid, dachte sie. Und er hat so ein nettes Gesicht.

»Morgen früh dann?«

Es war mehr ein Versprechen als eine Frage.

»Um wieviel Uhr?«

Der Junge stammelte, als er die Uhrzeit angab, und zum ersten Mal lächelten die beiden sich an und gaben sich über den Tisch weg die Hand. Eva zog die Hand aber wieder zurück und sagte: »Es wird eine ganze Weile dauern, bis ich dir wieder vertrauen kann.«

»Ja«, antwortete der Junge. »Ich weiß. Ich kann warten.«

Kapitel 27 | Das Bindeglied

Gontard war zufällig im Präsidium, als das Pärchen um 11 Uhr morgens erschien.

Der Kripochef hatte ihn kommen lassen, weil die Heidelberger Spurensicherung nach nochmaliger gründlicher Durchsuchung von Pippa Dornheimers Wohnung in Handschuhsheim einen Fund gemacht hatte. Über die Art des Fundes hatte Berberich geheimnisvoll geschwiegen.

Der Junge und das Mädchen erschienen Hand in Hand. Der Junge war sehr nervös und stotterte ein wenig, und spontan ergriff das Mädchen das Wort.

»Ach, ihr seid das Liebespaar? Wir haben … Spuren von euch entdeckt. Im Gras«, sagte Manfred Berberich verlegen.

Gontard wunderte sich wieder einmal darüber, wie ein erwachsener Mann so verklemmt sein konnte. Das Mädchen ging nicht darauf ein und erklärte unumwunden, sein Freund habe den Mann gesehen, der die tote Frau abgelegt habe. Sie selbst habe nur das Opfer gesehen, nicht den Mörder.

»Widerlich, all diese Fliegen, dick und blaugrün.«

Sie schüttelte sich im Nachhinein vor Ekel.

Dem Jungen wurden nun viele Fotos vorgelegt. Auf dem vorletzten Foto war ein gutaussehender blonder Mann in mittleren Jahren zu sehen. Etwa Mitte vierzig.

»Der ist es«, sagte der Junge unumwunden. »Ich irre mich nicht.«

Manfred Berberich legte das letzte Foto vor dem Jungen ab. Der wandte sich erschrocken ab, schaute den Kripochef voller Unverständnis an.

»Ja, das Foto konnte ich dir nicht ersparen. Es zeigt den toten Mörder. Der Mann, den du gesehen hast, ist selbst zum Opfer geworden.«

Berberich denkt wohl, alle jungen Leute seien heute an Gewaltvideos gewöhnt und blieben cool beim Anblick von Toten, dachte Gontard.

Doch dieser junge Mann gehörte offenbar nicht zu den Hartgesottenen.

»Wer hat ihn …?«, wieder stammelte der Junge.

»Wir wissen es noch nicht, aber du hast uns sehr geholfen.«

Als das Pärchen gegangen war, sagte Gontard zu Manfred Berberich: »Das Bindeglied, das Puzzleteil, es liegt so nah, aber ich finde es einfach nicht.«

Der Junge und das Mädchen verließen das Polizeipräsidium.

»Warum hast du gelogen, Eva? Du hast nichts von mir gesagt, nichts von …«

»Ich weiß nicht, was du meinst«, antwortete Eva und drückte dem Jungen ganz fest die Hand.

Im Polizeipräsidium oben beratschlagten Manfred Berberich und Gontard, was als Nächstes zu tun wäre.

Gerschke als Pippa Dornheimers Mörder? Aber wo war das Motiv?

»Ich bin zwar neugierig auf den Fund in Pippa Dornheimers Wohnung, aber wir sollten zuerst einen Besuch machen, der schon längst überfällig ist«, schlug Gontard vor. »Es liegt auf dem Weg. Ich meine einen Besuch bei Anita Müller-Baum und ihrem jungen Liebhaber Cornelius Schenck. Der hat zwar ein Alibi für die Zeit, als Pippa Dornheimer ermordet wurde. Und nun wissen wir ja mit einiger Sicherheit, dass Jochen Gerschke die junge Frau ermordet hat. Zumindest hat er sie abgelegt. Vielleicht hatte er aber einen

Komplizen und war selbst nicht der Mörder? Die Zeugenaussage des jungen Mannes hat den Fall nicht leichter gemacht. Cornelius Schenck, das weiß ich, saß mit seiner Freundin bei der Auktion. Ich bin Zeuge. Aber er wird seine Beziehung zu Pippa Dornheimer erklären müssen.«

Gontard sah die eifersüchtige Frau vor sich und musste ein wenig grinsen.

»Ich möchte nicht in seiner Haut stecken. Der Arme. Die Schmucksammlerin wohnt in Neuenheim. In der Bergstraße hat sie ein luxuriöses Haus. Machen wir einen Überraschungsbesuch. Lassen wir es einmal darauf ankommen. Vielleicht treffen wir ja wirklich beide an.«

Kapitel 28 | Liebe

Tatsächlich waren Anita Müller-Baum und ihr attraktiver Freund zuhause und schauten sich eine amerikanische Soap im Fernsehen an. Sie waren beide in Kimonos, er in Lapislazuliblau, sie in Schweinchenrosa, bezeichnenderweise mit einem großen schwarzen Drachenmuster verziert.

Anita Müller-Baum schaltete den Fernseher aus. Gontard musterte so diskret wie möglich die Einrichtung, während Manfred Berberich den Grund für den Besuch schilderte.

Man sagt, die Einrichtung spiegle die Persönlichkeit eines Menschen wider. Gontard war zwar auf einiges gefasst gewesen, aber so schlimm hätte er sich den Geschmack der Hausbesitzerin nicht vorgestellt. Schon die Fassade des teuren Bungalows mit seinen weißen Neo-Rokokogeländern, Balkönchen, Wasserfontänen und Gartenstatuen im Stil des Schlosses von Versailles ließ erahnen, wie das Innere möbliert war.

Viel Plüsch, Samt und Seide, Rüschenvorhänge und viel Türkis, Hellblau, Rosa. Die Pseudo-Rokoko-Kitsch-Romantik setzte sich hier aufs Aufdringlichste fort. Gontard hatte Anita Müller-Baum auf vielen Antikmärkten getroffen, doch nie hatte sie ein echtes altes Möbel ersteigert oder gekauft. Stilmöbel in der Art des dritten Rokoko ließen ihr Wohnzimmer aussehen wie einen Salon der Madame Pompadour, mit einer Chaiselongue, Tisch- und Stuhlgarnituren, Vitrinen und Schränkchen in Weiß-Gold gefasst und offenbar in einem teuren Möbelhaus gekauft. Nur für alten Schmuck hatte sie immer geboten und ihn bekommen.

Der unechte schwülstige Rokokostil des gesamten Mobiliars fand seine Fortsetzung im Wandschmuck. Reproduktionen von Kunstwerken der Rokokomaler Watteau, Boucher und Fragonard stellten zumeist schwülstige Szenen dar: junge Kavaliere mit Puderperücken, die den Alkoven einer Dame erkletterten oder die beim Anschubsen der Schaukel einer Schönen unter die mit Bändern verzierten Röcke lugten. Schäferszenen und das lesende Mädchen von Fragonard gehörten zu den weniger zweideutigen Sujets. Man brauchte nicht viel Fantasie, um sich vorzustellen, mit welchen Kunstwerken das Boudoir von Madame Anita ausgestattet war. Nie hatte Gontard sie beim Kauf oder Ersteigern eines echten Gemäldes erlebt.

Daher fragte er sich insgeheim wie schon während der Auktion, weshalb sie überhaupt für Dornheimers Gemälde mitgeboten hatte. Woher ihr Interesse für *Mädchen im roten Kleid*?

Manfred Berberich fragte sehr scheinheilig, wie Gontard amüsiert feststellte, ob man Herrn Schenck alleine sprechen könne oder ob die gnädige Frau wünsche, dabei zu sein, wenn einige Fragen gestellt würden. Reine Routinesache, und eventuell könne sie selbst ja zur Erhellung einiger unklarer Punkte im Mordfall Pippa Dornheimer beitragen.

Gontard schien es, als zucke Cornelius Schenck bei der Nennung des Namens Pippa Dornheimer zusammen, während Anita Müller-Baum sehr gelassen blieb und keine Regung zeigte. Sie schien kein bisschen neugierig zu sein, stellte keine Frage, wohl aber ihr junger Liebhaber.

»Wer ist Pippa Dornheimer?«

Manfred Berberichs Sternstunde war gekommen, als er zwei Fotos aus der Jackentasche zog und sie dem Fragenden wortlos zeigte.

Wie ein Zauberer, der ein Kaninchen aus dem Zylinder zaubert, dachte Gontard amüsiert. Mein Nachfolger versteht etwas von Überraschungseffekten.

Die Überraschung war mehr als gelungen. Als Cornelius Schenck das erste Foto sah, das Foto der lebendigen Pippa Dornheimer, beteuerte er noch einmal, dass er die Frau nicht kenne. Seine zitternde Hand strafte ihn allerdings Lügen. Beim Anblick des zweiten Fotos erblasste er. Es war das Foto der Toten mit der klaffenden Wunde, umschwirrt von Mücken.

Beim dritten Foto musste er, der am Tisch stand, sich an der Kante festhalten, um sich abzustützen. Es war das Urlaubsfoto, das Gontard von Pippa Dornheimer und ihrem Begleiter gemacht hatte.

»Was hast du, mein Lieber?«, fragte Anita Müller-Baum, besorgt wie eine Mutter, der das Wohl ihres Kindes am Herzen liegt.

Berberich, der Zauberkünstler, reichte ihr die drei Fotos der Reihe nach und betont langsam. Bei den ersten beiden Fotos bewahrte Anita Müller-Baum ihre Gelassenheit. Sie zog die gemalten Augenbrauen hoch: »Na und?«, fragte sie mit spöttischer Miene. »Eine junge Frau, mal tot, mal lebendig. Woher soll ich die kennen?«

Das dritte Foto zündete.

»Sie kennen vielleicht nicht die junge Frau, aber Sie kennen bestimmt den jungen Mann«, sagte Berberich, und es klang sadistisch, wie es Gontard erschien, so, als müsse er sich eigener quälender Gefühle entledigen.

»War das deine Geschäftsreise nach Helsinki?«, fragte sie mit Bitterkeit in der Stimme. »Und dafür habe ich dir noch meinen schwarzen Mercedes zum Geschenk gemacht?«

Sie schien mit einem Schlag um Jahre gealtert. Eine verblühte Frau, die einer Zukunft in Einsamkeit entgegensah.

»Sie bedeutet mir nichts, Anita«, stieß Cornelius Schenck stammelnd hervor. »Du musst mir glauben, Anita. Ein Abenteuer von ein paar Tagen. Weiter nichts.«

Er blickte schuldbewusst zu Anita Müller-Baum hinüber und sagte mit beschwörender Miene:

»Wirklich, nur ein Abenteuer. Eine junge schöne Frau, weiter nichts ...«

Die letzten Worte hätte er lieber nicht aussprechen sollen, denn Anita Müller-Baum wies wortlos mit der Hand zur Tür.

Dann rief sie mit eiskalter Stimme, ihn nachäffend: »Nur eine junge schöne Frau, ach ja. Weiter nichts!«

Cornelius Schenck hatte verstanden, dass für ihn das Spiel aus war, und er verließ den Raum, ohne sich umzusehen.

»Dann finden Sie den Mörder dieser jungen Frau«, sagte Anita Müller-Baum zu den Kriminologen. »Aber ich kann Ihnen nicht helfen.«

»Vielen Dank«, sagte Manfred Berberich, doch was wie blanker Hohn klang, war nicht so gemeint.

»Sie tut mir so leid, die einsame alte Frau«, sagte er zu Gontard, als sie das Haus mit all seinen teuren und so geschmacklosen Gegenständen verließen. »Ich war ziemlich grausam mit ihr, nicht wahr?«

»Manchmal ist man grausam, weil man selbst grausam behandelt wurde«, entgegnete Gontard. Er musste die Wahrheit erraten haben, denn Berberich nickte fast unmerklich.

»Das wird nicht das letzte Wort sein, das wir mit dem untreuen Liebhaber zu reden haben«, sagte Manfred Berberich.

»Aber lassen wir ihn erst mal den Schock verwinden. Er hat viel zu verlieren. Nicht nur den schwarzen Mercedes. Vor allem aber seine Existenzgrundlage als ausgehaltener Lover einer steinreichen Frau.«

»Und nun nach Handschuhsheim. In die Wohnung von Pippa Dornheimer«, sagte der Kripochef. »Das ist in der Nähe der Tiefburg.«

Gontard konnte es kaum erwarten.

Kapitel 29 | Pippa

»Warum habt ihr den mysteriösen Fund in Pippa Dornheimers Wohnung jetzt erst gemacht?«, fragte Gontard, als sie an der Tiefburg vorbeifuhren.

»Weil ich noch mal eine gründliche Untersuchung bei der Spurensicherung angeordnet habe und eine junge Mitarbeiterin, die in alle möglichen Ecken gekrochen ist, tatsächlich in einer Nische ein Büchlein gefunden hat.«

Die junge Frau stellte sich als Tatjana Feigenbutz vor, und sie berichtete kurz von ihrem Fund. Eine echte Heidelbergerin, dachte Gontard, dem Familiennamen und der Dialektfärbung nach zu schließen.

Sie reichte den Männern eine Art Tagebuch. Es erwies sich als ein erweitertes Notiz- und Rechnungsbuch.

Berberich und Gontard vertieften sich in die Lektüre. Sie interessierten sich vor allem für die Einträge der letzten Wochen vor dem Tod der Schreiberin. Das Tagebuch brach eine Woche vor ihrer Ermordung ab.

»Schauen wir mal, ob da etwas Ende Mai bis Anfang Juni drinsteht, da müsste sie ihre kurze Reise nach Frankreich vermerkt haben.«

Und nun erfuhren die beiden Kriminologen Erstaunliches. Pippas Tagebuch glich tatsächlich eher einem Notizbuch, denn sie hielt sich nicht bei weitschweifigen Ausführungen auf. Sätze im

Telegrammstil wechselten mit längeren Eintragungen ab, was etwas Verwirrendes an sich hatte und das Lesen erschwerte.

»Da ist etwas«, rief Gontard und deutete auf eine Eintragung vom 20. Mai 2004.

Endlich sollte es klappen mit meinem Trip nach Frankreich. Vorgesehen: Paris, Sanary-sur-Mer, Stationen von Jakob Dornheimer. Was Selma mir verschwiegen hat, möchte ich nun ergründen. Abstecher nach Aix-en-Provence? Cézanne-Stadt. Cornelius wird mich begleiten. Er muss seinem Drachen aber noch eine glaubhafte Story präsentieren.

Die beiden Männer lasen weiter:

22. Mai 2004

Auftrag ausgeführt. Geld bekommen. Sehr nötig, denn die Frankreichfahrt, wenn auch nur kurz, wird teuer. Das Gemälde ist gelungen. Altmeisterlich, ein echter Defregger. Ha! Verschollen, und demnächst wird es auftauchen bei G. v. S., Berchtesgaden.

Einen Rudolf Epp soll ich ihm noch malen, auch so ein Maler der Münchner Schule, gebürtig aus Eberbach. Genrebilder aus dem 19. Jahrhundert, meint G. v. S., werden bald wieder sehr gefragt. Verschollenes ausgegraben. Vergessenes in Erinnerung gebracht. Er ist ein schlauer Fuchs, wittert vieles. Ich hab nicht viel zu verlieren, nur einiges zu gewinnen. Ich hab schon eine Idee für einen echten Rudolf Epp. Zwei Kinder, mit Katzen spielend, in bäuerlicher Stube. Und dann will er noch einen Albert Anker, eine Herausforderung, der Schweizer mit seinem feinen Stil. Der Mann aus Berchtesgaden ist zögerlich mit dem Zahlen. Ich werde ihm auf die Sprünge helfen.

An dieser Stelle konnte Gontard sich nicht mehr zurückhalten:

»Also hab ich doch richtig vermutet. Der ölige Berchtesgadener steckt da mit drin. G. v. S., das kann nur er sein.«

Er erklärte Manfred Berberich die Zusammenhänge.

»Pippa Dornheimer hat im Auftrag von Sedlmayer Gemälde gefälscht, war mitten im Geschäft, wenn man sie nicht ermordet hätte. Ein Mordmotiv für den Kunsthändler, der nicht zahlen wollte? Vielleicht wollte sie ihn erpressen, und er hat eine unliebsame Mitwisserin seiner dunklen Geschäfte aus dem Weg geräumt?«

Gontard schüttelte ungläubig den Kopf: »Warum sollte er die Gans töten, die ihm goldene Eier legen würde? Offenbar war dies erst der Anfang des Deals. Und Sedlmayer scheint ja auch vorerst gezahlt zu haben. Außerdem haben wir doch den Mörder. Der Junge aus Ladenburg hat ihn mehr oder weniger eindeutig identifiziert auf den Fotos. Und die DNA wird ja beweisen, ob Gerschke der Mörder war oder nicht. Es kann natürlich sein, dass Sedlmayer und Gerschke unter einer Decke steckten. Aber lesen wir doch weiter.«

29. Mai 2004

Paris. Ich habe Jakob Dornheimers Spur gefunden. Er hat hier sogar ausgestellt, während seines Exils in Paris. Wo sind diese Gemälde geblieben? Im Krieg vernichtet worden? Verkauft? Ob ich es je erfahre? Ich werde noch viel erforschen müssen in Zukunft. Doch nicht jetzt. Keine Zeit, noch mehr zu schreiben. Cornelius und ich waren auf dem Friedhof Père-Lachaise, in den Künstlerkneipen im Quartier Latin. Eine verrückte Zeit. Eine schöne Zeit. Wie ich ihn liebe!

2. Juni 2004

Le Thoronet, Var. Eine wunderhübsche Abtei, hier möchte ich malen, später einmal. Meine eigenen Bilder. Viele Pläne, viele Motive im Kopf!

»Arme Pippa«, sagte Gontard. Es war das erste Mal, dass er aus vollstem Herzen Sympathie für diese junge Frau empfand, für ihr unvollendetes Leben, das vielleicht – trotz aller Irrfahrten – doch noch in geregelte Bahnen hätte gelenkt werden können.

»Hier in der Abtei ist sie mir über den Weg gelaufen. Aber weiter«, drängte Gontard.

3. Juni 2004

Aix-en-Provence

Spuren von Cézanne überall in der Stadt. Das Musée Granet

ziemlich enttäuschend. Wenige Bilder von Cézanne. Sind in den Museen der ganzen Welt und in Privatvillen. Ich sollte welche malen. Verschollenes von Cézanne! Ha!

4. Juni 2004

Sanary-sur-Mer

So viele Eindrücke. Auf den Spuren von Jakob Dornheimer. Wie verzweifelt er war. Selma hat mir verheimlicht, dass er Suizid begangen hat. Nichts hat sie mir erzählt über meinen Großvater.

Die Reise muss leider beendet werden. Der alte Drachen wartet auf Cornelius. Er ist in »Helsinki«. Er will ihr alles gestehen. Wie es wirklich ist. Dass wir uns lieben. Dass er sie verachtet mit all ihrem teuren Klunkerkram. Ich werde zurückkommen nach Paris, nach Sanary. Bald.

Dies ist eine ganz andere Pippa als die, die Selma Dornheimer geschildert hat, dachte Gontard. Das ist eine begabte, verzweifelte, verliebte, durch Geldnot in dunkle Machenschaften geschlitterte, sensible junge Frau gewesen. Kein herzloses, berechnendes, mannstolles Monster.

Manfred Berberich zeigte auf einen Nachtrag zu dieser letzten Notiz der Tagebuchschreiberin.

P. S. Mit dem anderen Händler habe ich auch noch eine Rechnung zu begleichen. Wenn ich wieder zuhause bin.

Hier brachen die Eintragungen ab.

»Wir müssen unbedingt noch einmal mit Cornelius Schenck sprechen«, sagte Manfred Berberich.

Gontard war im Begriff zu sagen, dass er das auch gerade vorschlagen wollte.

Doch er verkniff sich die Bemerkung.

»Ich lade ihn ins Präsidium vor. Ohne seinen alten Drachen«, sagte der Kripochef, und hier musste er ein wenig grinsen.

Kapitel 30 | Mosaiksteinchen

Ein Abgleich hatte zwischenzeitlich ergeben, dass Spuren von Jochen Gerschkes DNA an Pippa Dornheimers Leiche zu finden waren. Wo genau er die junge Frau ermordet hatte, war jedoch nach wie vor unklar. Aber der Fundort war nicht der Tatort, so viel stand fest. Weder in Pippa Dornheimers Wohnung noch in Jochen Gerschkes Haus fand man Blutspuren.

Auch im Mordfall Jochen Gerschke waren Fundort und Tatort nicht identisch. Der Mörder hatte nicht am Teufelstisch zugeschlagen beziehungsweise zugestoßen, sondern vorher. In Gerschkes Wohnung? Man würde eine nochmalige gründliche Untersuchung vornehmen müssen. Die Mordwaffe blieb, wie im ersten Fall, verschwunden, doch es handelte sich eindeutig nicht um die gleiche Waffe.

Jochen Gerschkes Wagen war zwar gründlich gereinigt worden, dennoch fand man Blutspuren und DNA, die zweifelsfrei von der jungen Frau stammten. Das Motiv Gerschkes, Pippa Dornheimer zu ermorden, war und blieb ein Rätsel.

Gontard hatte ein sehr schlechtes Gewissen Anna gegenüber, die schon gar nicht mehr fragte, wann er denn zurückkäme von seinem »ehrenamtlichen Rentner-Zweitjob«, wie sie ironischerweise die Assistenz ihres Mannes bei den Mordermittlungen nannte.

»Wenn die Enkelkinderlein kommen, kann ich hoffentlich mal mit dir rechnen. Lilli hat angerufen, dass sie nächste Woche ihren Besuch nachholen und ein paar Tage hierbleiben möchte. Wenn alle wieder fit sind. Bis dahin ist dann hoffentlich deine Tätigkeit als Schnüffler nicht mehr nötig.«

»Es fehlt nur noch ein Mosaiksteinchen zur Lösung des Falls«, sagte Gontard.

Kleinlaut fügte er hinzu: »Es können auch noch zwei oder drei Mosaiksteinchen sein.«

Anna seufzte: »Wann werden wir denn mal endlich ein ruhiges Pensionärsleben haben wie andere Leute auch?«

»Was meinst du mit andere Leute?«

»Naja, die, die Kreuzfahrten machen, ständig hier und da in der Weltgeschichte rumdüsen …«

Ein vorwurfsvoller Blick traf den überraschten Ehemann.

Der fragte verblüfft: »Was ist daran ruhig? Und außerdem: Das kannst du doch unmöglich als Erfüllung ansehen? Rastloses Reisen?«

Gontard kannte seine Frau gut. Sie senkte den Blick und erwiderte: »Hast ja Recht. Ich möchte viel lieber wieder mit dem Malen anfangen. Das habe ich völlig vernachlässigt. Eine Gabe ist bekanntlich eine Aufgabe.«

»Ja«, gab ihr Gontard Recht.

Und er holte tief Luft.

»Warte nicht zu lange mit dem Malen. Es könnte sonst zu spät sein.«

»Das ist ja eine tolle Aussage. Du rechnest also mit meinem baldigen Ableben? So alt bin ich doch nun auch wieder nicht. Immerhin doch um einiges jünger als du.«

Als sie das betretene Gesicht ihres Mannes sah, beeilte sie sich zu sagen: »Sorry, das war nicht nett von mir.«

»Schon gut, Anna. Und es kommt ja auch nicht auf das jünger oder älter an. Wenn ich an Pippa Dornheimer denke … die war erst Anfang 30. Und sie hatte noch so viele Pläne. Unter anderem wollte sie malen, wenn auch …«

Bevor er Erklärungen abgeben konnte, sagte er: »Apropos, ich muss diesbezüglich noch mal weg. Befragung eines Mannes, der uns hoffentlich weiterhelfen kann.«

Anna ergab sich in ihr Schicksal.

»Dann viel Glück.«

Sie rief ihrem Mann noch hinterher: »Damit Fredi und Lotta demnächst einen Opa haben, der mit ihnen spielen wird.«

Aber Gontard hatte den Motor seines Wagens schon angelassen und fuhr Richtung Heidelberg.

Kapitel 31 | Noch mal Liebe

Cornelius Schenck zeigte sich verwundert, dass man ihn schon wieder verhörte. Er habe doch alles schon gestern gesagt, und er habe nun auch genug Arbeit und müsse sich neu orientieren nach … Er konnte den Satz nicht vollenden.

»Nachdem man Ihnen den Laufpass erteilt hat«, half Manfred Berberich nach. »Die goldene Gans hat ausgelegt.«

Die Reaktion des jungen Mannes auf diese unverblümte Formulierung war unerwartet für die beiden Kriminologen Berberich und Gontard.

Mit einem Blick voller Traurigkeit sagte er: »Ich weiß, Sie beide halten mich für einen Parasiten. Für einen Tunichtgut, einen Schönling, der sich von einer reichen älteren Frau aushalten lässt und sie ausnutzt. Sie verachten mich.«

Er blickte zu Boden, dann rief er leidenschaftlich aus: »Aber Sie täuschen sich in mir. Wie sich auch Anita in mir getäuscht hat. Sie war so schrecklich eifersüchtig, und sie wäre zu allem fähig gewesen, um mich zu halten.«

Diese mysteriösen Worte ließen Berberich und Gontard aufhorchen.

»Zu allem? Auch zu einem Mord? Ist es das, was Sie damit sagen wollen?«

»Natürlich nicht«, erwiderte Cornelius Schenck. Es klang wenig überzeugend. Der junge Mann mochte aussehen wie ein Schauspieler, wie der Prototyp des attraktiven Liebhabers in der

Boulevardkomödie, der sich im Schrank versteckt, wenn der betrogene Ehemann überraschend früher heimkommt, aber Cornelius Schenck war kein guter Schauspieler.

»Lassen wir nun mal den Fall Pippa Dornheimer ruhen«, sagte Berberich. »Es gibt noch einen zweiten Mordfall, und wir, Herr Gontard und ich, glauben, dass es zwischen den beiden Fällen eine Verbindung gibt. Und vielleicht können Sie uns helfen.«

»Wieso ich? Und welcher zweite Mordfall?«

Wortlos schob der Kripochef dem jungen Mann eine Mappe zu und schlug sie auf.

Der Schock war gewaltig. Unter der Sonnenbräune erblasste der hübsche junge Mann.

»Kennen Sie diesen Mann? Und hier ist das Foto des Toten.«

Die Wirkung des zweiten Fotos war merkwürdig zu nennen.

Fast gelassen reagierte Cornelius Schenck auf den Anblick, der mehr als schockierend war.

»Ich kenne den Mann nicht.«

Mehr wusste er nicht zu sagen, stellte auch keine Fragen.

Er war in der Tat ein miserabler Schauspieler. Verunsichert und hilflos ließ er beide Arme reglos zu Boden hängen.

»Das ist Jochen Gerschke, Antiquitätenhändler. Im Pfälzer Wald tot aufgefunden. Er wurde verunstaltet, damit es wie ein Unfall aussehen soll. So, als sei er vom Felsen gestürzt. Das wissen wir mittlerweile von unseren Kollegen aus Ludwigshafen. Der Felsen trägt übrigens den gruseligen Namen Teufelstisch. Schon einmal gehört?«

»Im Pfälzer Wald? Wo soll das sein? Ich mag keine düsteren Tannenwälder.«

Gontard und Manfred Berberich schauten sich an.

»Pippa Dornheimer hatte ein Notizbuch. Darin hatte sie den Namen Jochen Gerschke vermerkt. Das ist der Name des Toten vom Teufelstisch.«

Berberichs Lüge war infam, und Gontard ergriff die Gelegenheit, mitzuspielen. So, als hätten sie sich vorher verabredet, hakte er ein: »War Jochen Gerschke Ihr Nebenbuhler?«

Das kriminologische Hasardspiel hatte geklappt.

Jochen Gerschke fuhr hoch: »Jochen Gerschke ein Nebenbuhler? Sie glauben doch nicht etwa ernsthaft, dass Pippa sich mit einem solchen Halunken …«, er hielt erschrocken inne.

»Klären Sie uns doch bitte auf über den Charakter dieses Mannes, den Sie angeblich nicht kannten und der nie und nimmer ein Nebenbuhler war. Wenn er kein Nebenbuhler war, was war er dann?«

Gontard fühlte, dass nun seine Stunde gekommen war. In der Hoffnung, diesen jungen Mann durch Überraschungseffekte zu überrumpeln, sich verheddern zu lassen im Netz von intuitiv gestellten Fragen, hakte er ein.

Ein imaginäres Szenario spulte sich in seinem Kopf ab. Ja, so hätte es sein können, genau so. Es war wie ein Jagdfieber, das ihn überfiel, ihn, der von der Jagd nie etwas gehalten hatte. Vielleicht war er auf der falschen Fährte, vielleicht hatte er die falsche Beute im Visier, aber er wollte das Risiko eingehen.

»Was wissen Sie von dem Gemälde *Mädchen im roten Kleid*, Herr Schenck?«

»Nie gehört. Was soll die Frage?«, stammelte Cornelius Schenck.

»Sie lügen. Sie lügen sehr dreist, lieber Herr Schenck. Ich weiß, dass Sie sehr wohl wissen, was es mit dem Gemälde auf sich hat. Ihre … Anita Müller-Baum hatte sich seltsamerweise dafür interessiert. Ich war anwesend bei der Auktion. Sie hat mitgeboten bis fast ganz zum Schluss. Ich saß ja hinter Ihnen, habe alles beobachtet. Nichts ist mir entgangen an jenem Tag der Auktion in Heidelberg. Und Sie müssen doch bemerkt haben, dass das Gemälde mir zugeschlagen wurde.«

Cornelius Schenck schaute Gontard entgeistert an, fand keine Worte. Gontard fuhr fort mit der Verfolgungsjagd nach seiner Beute.

»Das Gemälde war von Pippa Dornheimers Großvater, dem Künstler Jakob Dornheimer, von den Nazis ins Exil getrieben. Ein Exil, an dem er letztendlich zerbrach. Er beging Suizid. Und nun zu dem *Mädchen im roten Kleid*, das niemand anders war als die Tochter des Künstlers, Pippa Dornheimers Tante Selma. Die beiden glichen sich ungemein, das kommt vor zwischen Tanten und Nichten, nicht nur zwischen Müttern und Töchtern. Das *Mädchen im roten Kleid* sah nicht nur aus wie Selma Dornheimer, sondern auch wie Pippa Dornheimer als Kind hätte aussehen können.«

Cornelius ließ die Worte, die wie Hammerschläge auf ihn herniedersausten, über sich ergehen, saß zusammengesunken in seinem Sessel.

»Bei der Auktion war auch Jochen Gerschke anwesend. Auch er hatte mitgeboten, noch verbitterter als Ihre Freundin. Und ich frage Sie nun, Herr Schenck, und bitte bleiben Sie bei der Wahrheit, denn es hat keinen Zweck, weiter zu leugnen: Hatte Pippa herausgefunden, dass das Gemälde eine lange Irrfahrt hinter sich hatte, in den 30er Jahren gestohlen worden war von einem gewissen SS-Mann Kurt Gerschke, dem Onkel von Jochen Gerschke? Wollte sie Gerschke erpressen und dem Auktionshaus die Provenienz des Gemäldes melden?«

Und nun ließ Gontard die letzte Bombe platzen.

»Wir wissen, dass Jochen Gerschke Pippa Dornheimer getötet hat. Es gibt einen Zeugen, der ihn wiedererkannt hat. Es gibt eindeutige DNA-Hinweise. Und Sie könnten uns helfen, all dies noch einmal zu bestätigen und uns Klarheit zu verschaffen über Gerschkes Motiv, Ihre Freundin grausam zu ermorden. Sie haben die Fotos gesehen. Solch eine junge schöne Frau, es muss Sie getroffen haben bis ins Mark. Sie müssen den Täter hassen, der ihr dies angetan hat, der Ihnen dies angetan hat.«

Noch eben war Cornelius Schenck gekrümmt vor den beiden Männern gesessen, sprachlos, doch plötzlich reckte er sich hoch, und voller Leidenschaft sprudelte es aus ihm heraus: »Ich habe

Pippa gewarnt. Ich wollte sie zurückhalten, sich mit ihm zu treffen. Lass die alten Geschichten ruhen, sagte ich. Das ist doch Schnee von gestern. Lass uns nach vorne schauen. Doch sie war ja wie besessen von der Vergangenheit, vom Schicksal ihres Großvaters. Als ich von Pippas Tod hörte, glaubte ich zuerst, *sie* habe sie getötet. Anita. Sie konnte wie eine Furie sein in ihrer Eifersucht. Und sie wusste von uns. Aus purer Provokation hat sie mitgeboten bei der Auktion. Sie hatte das Gemälde bei der Vorbesichtigung gesehen und zu mir gesagt: ›So hätte jemand als Kind aussehen können, den du kennst. Den ich auch kenne. Die ich auch kenne. Schon aus dem Kind schaut die hübsche junge Frau heraus.‹ Mehr hat sie nicht preisgegeben, aber es war deutlich genug, dass sie von Pippas Existenz wusste. Und dann sagte sie nach der Auktion: ›Vergiss das Mädchen. Das *Mädchen im roten Kleid*. Ich wollte es für dich ersteigern.‹ ›Was soll ich mit einem Kinderbildnis?‹, habe ich erwidert. ›Auch aus kleinen Mädchen werden irgendwann einmal hübsche große Mädchen.‹ Als ich dann erfuhr, dass Pippa tot war, ermordet, dachte ich wirklich, sie wäre die Mörderin. Aber mit einer solchen Wucht kann nur ein Mann töten.«

»Woher wissen Sie, dass Pippa mit großer Wucht getötet wurde?« Berberichs Frage kam wie aus der Pistole geschossen.

»Ich habe das Foto von der toten Pippa gesehen …«, stotterte Schenck. »Sie haben es mir und Anita doch gezeigt.«

Er spürte, dass dieses Argument nicht ausreichte, um die beiden Kriminologen zu überzeugen, und es sprudelte aus ihm hervor: »Also gut. Das Leugnen hat nun eh keinen Zweck mehr. Er hat es mir gesagt. Er hat mir alles gestanden: Gerschke. Ich bin in sein hinterwäldlerisches Dorf gefahren, dort war auch das Gemälde, er hat es mir stolz gezeigt, hat damit geprahlt, dass er es dem ehemaligen Kripochef gestohlen hatte, dem es bei der Auktion zugeschlagen worden war. Er hatte das Gemälde noch nicht einmal versteckt, so überrascht war er von meinem plötzlichen Besuch. Der Diebstahl war für ihn ein Kavaliersdelikt, nein, schon eher eine

Heldentat. Er war versessen auf seine Familie, auf diesen Nazi, den SS-Mann Kurt Gerschke, seinen Onkel. Pippa hatte sich mit ihm getroffen, wollte ihn zur Rede stellen, drohte, dem Auktionshaus, das als sehr seriös bekannt ist, die dubiose Provenienz des Bildes zu melden. Von den Machenschaften seiner Familie zu berichten. Gerschke sagte, Pippa habe ihn zur Weißglut gebracht. Dann sei er ausgerastet. Da waren zwei Obsessionen aufeinandergeprallt. Mit fatalen Folgen. ›Ein Unfall‹, hat er zynisch gerufen. ›Ein Kollateralschaden.‹ Sie sei nichts als eine gemeine Erpresserin gewesen.«

»Und dann sind Sie ausgerastet, Herr Schenck, stimmt's?«

»Da lag dieser Dolch. Irgendein sogenanntes antikes Stück seines erbärmlichen Ladens. Ich habe zugestoßen. Ich habe gewartet, bis es Nacht war. Dann habe ich ihn in den Wald gebracht, unter diesen Felsen, der mir in seiner seltsamen Form einmal aufgefallen war.«

»Sie haben ein Faible fürs Theatralische, Herr Schenck?«

Gontards rhetorische Frage blieb unbeantwortet.

Cornelius Schenck blickte starr zu Boden.

»Und die Waffe?«

»Ich habe sie Tage später in den Fluss geworfen. In den Neckar.«

Cornelius Schenck war wieder in sich zusammengesunken.

»Ich habe sie geliebt. Wirklich geliebt. Wir wollten gemeinsam ein neues Leben beginnen«, sagte er ganz leise, fast im Flüsterton.

»Wo sollte das sein?«, fragte Manfred Berberich.

»Ich kann es mir denken.«

Gontard war sich sehr sicher, als er sagte: »In Südfrankreich. Am liebsten in Sanary-sur-Mer.«

Cornelius Schencks stummes Nicken und sein resignierter Blick, in dem eine große Traurigkeit lag, sagten Gontard, dass er richtig geraten hatte.

»Alle haben Pippa verkannt«, sagte er, immer noch fast flüsternd. »Pippa war für die meisten nur ein hübsches Schmuckstück. Wir … wir waren uns so ähnlich.«

»Ich verstehe, zwei Schmuckstücke.«

Berberich klang kein bisschen ironisch. Es lag sogar so etwas wie Empathie in seinen Worten.

»Und sie wurde ausgenutzt«, fügte Cornelius Schenck hinzu. »Schamlos ausgenutzt.«

»Sie meinen als Fälscherin von Kunstwerken?«, fragte Gontard.

»Das sollte ja erst beginnen. Sie hat erst ein wenig … geübt …«

»Und sie wollte dem Kunsthändler Gero von Sedlmayer sagen, dass er nicht mehr mit ihr rechnen könne?«

»Ja, er war so knauserig. Er hat ihr so wenig gezahlt und zu zögerlich. Und sie war eine solch große Künstlerin. Einen Hungerlohn wollte er ihr geben für ihre Kunst.«

Die letzten Worte waren voller Leidenschaft und Bewunderung für die geliebte junge Frau.

Er streckte dem Kripochef in einer symbolischen Geste beide Hände entgegen, so, als wolle er sich jeden Moment abführen lassen.

»Ich bin bereit zur Buße. Und was ich getan habe, habe ich aus Liebe getan. Glauben Sie das einem Mann, der immer nur mit der Liebe gespielt hat. Davon profitiert hat?«

Und wieder ertappte sich Gontard bei einem Gefühl voller Bedauern und Mitgefühl mit einem Täter. Mitleid mit einem verfehlten Lebensmodell.

Als Cornelius Schenck abgeführt worden war, sagte Manfred Berberich: »Aller guten Dinge sind drei, stimmt's?«

Gontard konnte sich auf diese Aussage keinen Reim machen.

Berberich blieb ihm die Erklärung nicht schuldig: »Dreimal standen Sie mir nun schon als Pensionär zur Seite. Und das mit Erfolg.«

Er schüttelte dem Älteren die Hand.

»Danke, Chef.«

Er wirkt auf einmal viel gelöster, wie früher, dachte Gontard. Das ist der Manfred Berberich, den ich kenne. Was ist nur passiert?

Als könne Berberich die Gedanken seines ehemaligen Chefs erraten, sagte er: »Ulla ist wieder zurückgekommen.«

»Wer ist Ulla? Sie haben mir diesen Namen nie genannt«, erwiderte ein verblüffter Gontard. Es gab eine Frau in Berberichs Leben? Er hatte ihn für einen eingefleischten Junggesellen gehalten.

»Ulla, meine Lebensgefährtin der letzten zwei Jahre. Sie ist wieder hier nach einem schrecklichen ganzen Jahr. Einem Jahr der Leere.«

Das war also der tiefere Grund für Berberichs seltsames Verhalten gewesen. Gontard war sich dessen ganz sicher.

»Sie und Ihr Geheimnis«, sagte er. »Aber ich verstehe Sie, glaube ich.«

»Sie haben ja auch Geheimnisse vor mir«, sagte Manfred Berberich.

Gontard runzelte verständnislos die Stirn.

»Sie haben mir nie gesagt, warum Sie keine Zigarillos mehr rauchen.«

»Sie haben mich ja nie danach gefragt«, entgegnete Gontard.

»Sehen Sie, so war es bei mir auch. Man sollte manchmal einfach mehr fragen.«

Sie schüttelten sich die Hände, und Gontard verließ das Präsidium.

Die graue Maus im Vorzimmer tat ihm leid. Denn es gab wieder eine Frau im Leben ihres geliebten Chefs Manfred Berberich. Ulla war zurückgekommen.

Kapitel 32 | Der Schwindler

Ein gewisser Berchtesgadener Kunsthändler wurde von einer Razzia in seinem Antiquitätengeschäft völlig überrascht, und mit eindeutigen Indizien konfrontiert, hatte er keine Zeit gefunden, rechtzeitig Beweisstücke zu entfernen oder sich fadenscheinige Alibis zurechtzulegen. Die bayrische Polizei fand in einem Lager, das Gero von Sedlmayer in der Nähe seines vornehmen Ladens angemietet hatte, einen »frühen Renoir«, einen »verschollenen Monet« und mehrere Landschaften alpenländischer Maler. In die Enge getrieben, musste er zugeben, dass er Pippa Dornheimer einen »späten Cézanne« in Auftrag gegeben hatte und weitere Stücke, Genrebilder des 19. Jahrhunderts vor allem. Die anderen Fälschungen hatte ein junger Kunststudent für ihn angefertigt, doch Gero von Sedlmayer fand sie stümperhaft, und er bezweifelte, dass sie den Prüfungen der Kunstexperten würden standhalten können. Er hatte Pippa angeheuert, weil er sich noch einiges von ihr versprochen hätte, meinte er mit bedauerndem Lächeln. Schade um den Deal.

Dass er zwar ein Schlitzohr und ein ausgefuchster Schwindler war, aber dennoch kein herzloser Mensch, bewies seine Bemerkung, deren Aufrichtigkeit Gontard kein bisschen bezweifelte: »Wie kann man eine solch hübsche junge Frau, eine vielversprechende Künstlerin, eine echte Könnerin, nur auf so grausame Weise ermorden? Es macht mich wirklich sprachlos, und es ist gut, dass Sie ihren Mörder kennen. Und wenn es auch herzlos klingt: Er hat seinen gerechten Lohn bekommen, dieser Gerschke, und er ist selbst zum Opfer geworden. Aber der junge Schenck, der tut mir leid. Ich habe ihn einmal kurz getroffen in Pippa Dornheimers Wohnung. Er ist kein schlechter Mensch. Und ich hatte den Eindruck, dass die beiden sich wirklich geliebt haben. Sie waren wie zwei vom gleichen Schlag.«

»Wie zwei Schmuckstücke? Ausgenutzt?« Gontard konnte sich die Bemerkung nicht verkneifen.

»Wenn Sie so wollen«, sagte Gero von Sedlmayer und strich sich mit der sorgfältig manikürten und mit einem großen blauen Siegelring geschmückten Hand übers halblange, hinter den Ohren zurückgekämmte und pomadisierte Haar.

Kapitel 33 | Selmas Schuld

Selma Dornheimer stand in ihrem Wohnzimmer vor dem Gemälde *Mädchen im roten Kleid.*

Gerade hatte Gontard ihr vom Geständnis des jungen Cornelius Schenck berichtet und ihr das »Überraschungsgeschenk« mitgebracht.

»Ich muss mit den Schuldgefühlen leben, und sie werden meine Freude über das wiedergefundene Kinderbildnis trüben«, sagte Selma. »Schuldgefühle, die mich für den Rest meines Lebens begleiten werden. Man streift das nicht ab wie ein altes Kleid, das man nicht mehr tragen möchte. Ich habe Pippa verkannt. Ich habe sie im Stich gelassen. Ich habe ihre Hilferufe nicht gehört. Oder nicht hören wollen.«

Gontard wusste keine Antwort.

»Der Alleinerbe, Klaus Brüning«, unterbrach er die Stille, »er hat die Nachricht, dass er auf das Geld für das Gemälde verzichten muss, gelassen hingenommen. Ich habe vom Auktionshaus die Summe zurückerstattet bekommen, die ich für das ersteigerte Bild gezahlt habe. Dass es dein Eigentum ist und auf Umwegen zur Versteigerung kam, wurde ohne Murren akzeptiert, denn das Auktionshaus ist seriös und hat einen sehr guten Ruf zu verlieren. Im Hinblick auf Nazikunst ist man sensibel geworden. Aber welche Rolle die Brünings bei der Sache spielten, das wird man niemals herausfinden. Wussten sie von der Provenienz des Gemäldes oder nicht? Kauften sie bewusst Hehlerware? Gehörten sie zu der Sorte

Sammler, die nicht nur naiv und blauäugig, sondern auch blind sind und nicht sehen wollen, was offensichtlich ist? Wir wissen nur, dass die Brünings für das Gemälde 600 DM bezahlt haben in den 50er Jahren, eine stolze Summe in der damaligen Zeit für ein gestohlenes Gemälde.«

»Wenn er so gelassen war, dann kam es ihm wohl auf ein paar Tausend Euro mehr oder weniger nicht an, dem Alleinerben?«, fragte Selma Dornheimer ein wenig süffisant.

»Ja, das Erbe fiel wohl sehr großzügig aus, auch ohne die Pretiosen, ohne die Sammlerstücke, und nun wird er die wunderschöne Ladenburger Villa von Edda und Horst Brüning bewohnen. Ein guter Tausch«, sagte Gontard und dachte dabei an das heruntergekommene Haus von Klaus und Carina Brüning in der Hadrianstraße. »Und Carina Brüning kann nun shoppen gehen auf den Mannheimer Planken und mit vollen Händen Geld ausgeben. Hoffentlich für eine geschmackvollere Einrichtung als in ihrer alten Behausung.«

»Na ja, wer reich ist, der hat nicht automatisch einen guten Geschmack«, gab Selma Dornheimer zu bedenken.

Gontard musste an den kitschigen, schwülstigen Rokokoprunk von Anita Müller-Baum denken und fragte sich, mit wem die üppige Dame fortan ihr Madame Pompadour-Boudoir teilen würde. Ob es bald einen Nachfolger für Cornelius Schenck geben würde?

Selma Dornheimers Stimme riss ihn aus seinen träumerischen Mutmaßungen.

»Ich habe als Kind ein wenig trotzig ausgesehen, bei aller Traurigkeit im Blick, als könne ich in die Zukunft schauen, eine Zukunft im Exil«, sagte sie und musterte prüfend und selbstkritisch ihr gemaltes Konterfei. »Dieses energische Kinn.«

»Ein starker Charakter zeigt sich schon früh«, erwiderte Gontard und fügte hinzu: »Überhaupt zeigt sich jeder Charakter sehr früh. Und was danach kommt, ist nur noch Firnis.«

Er lachte. »In den nächsten Tagen kommen zwei starke Charaktere auf uns zu, auf Anna und mich. Unsere beiden Enkelkinder.«

»Ach«, seufzte Selma Dornheimer. »Wie ich euch zwei beneide, ich muss es gestehen. Dieses Modell war in meinem Leben nicht vorgesehen. Familie, Kinder und Enkelkinder …«

»Es ist doch eigentlich immer gut so, wie es ist, oder?«, sagte Gontard, und er deutete auf das wunderschöne Gemälde von Jakob Dornheimer. »Dies hier ist doch so eine Art Ersatz für Kinder oder Enkel.«

»Ja, du hast Recht, Friedrich. Vielleicht sollte ich es so sehen: Es ist ein Teil von mir, wie ein Kind ein Teil von mir gewesen wäre. Es ist ein Teil meiner Vergangenheit als *Mädchen im roten Kleid*, das aus seiner Heimat vertrieben wurde. Es ist ein Vermächtnis meines lieben Vaters an mich, dem ich längst vergeben habe, dass er uns verlassen hat. Aus eigenen Stücken. Und es erinnert mich in doppelter Weise an Pippa, die ja auch einmal eine Ersatztochter für mich war und die mir dann irgendwann entglitten ist: Ich sehe die Ähnlichkeit zu mir. Pippa hat als Kind genauso trotzig und gleichzeitig traurig ausgesehen wie ich auf dem Gemälde. Das Haar, die hohen Wangenknochen, die ernsten und kritischen Augen, die schon alles zu wissen scheinen. Und hinter dem Kindergesicht sehe ich die junge Frau, die ich später war, die Pippa später war.«

Sie nahm Gontards Hand und sagte leise: »Danke, mein großer Bruder, dass du ihren Mörder und den Mörder ihres Mörders entlarven konntest.«

»Für eine wiedergefundene kleine Schwester tut man so einiges«, erwiderte er. »Außerdem habe ich dem Kripochef ja nur assistiert. Ich war eine Stimme im Hintergrund.«

Worauf Selma Dornheimer ungläubig den Kopf schüttelte.

»Ich muss jetzt gehen«, sagte er. »Anna wartet mit dem Essen auf mich. Ich habe sie sehr vernachlässigt in den letzten Wochen.«

»Grüße Anna von mir«, sagte Selma Dornheimer.

Und sie geleitete den Besucher, der noch einen letzten Blick auf das *Mädchen im roten Kleid* warf, hinaus in den Flur.

Wie wehmütig er das Bildnis angeschaut hat, dachte sie, als sie langsam ins Wohnzimmer zurückging. Und sie war sich der Großzügigkeit des Sammlerherzens ihres »Ersatzbruders« voll und ganz bewusst.

»Trotziges, trauriges Ding, du«, sagte sie zu ihrem gemalten Konterfei an der Wand und ging in die Küche, um sich einen starken Kaffee zu kochen.

Kapitel 34 | Carpe diem

»Nun bin ich aber heilfroh, dass die Fälle gelöst sind«, sagte Gontard zu Anna, die gerade beim Zurechtschneiden von Äpfeln war.

Es gab im Garten der Gontards nur einen einzigen Apfelbaum. Es war eher ein Bäumchen und Annas ganzer Stolz, und dieses Jahr trug er reichlich Früchte. Lilli und ihre Kleinen sollten mit einem selbstgebackenen Apfelkuchen von Oma Anna empfangen werden, wenn sie am nächsten Tag zu Besuch kämen.

»Nun kannst du ohne Ablenkung Großvater spielen in unserer kleinen heilen Welt«, sagte sie zu ihrem Mann.

»Aber die Gedanken gehen immer noch zu Selma mit ihrem schlechten Gewissen Pippa gegenüber und zu dem, der aus Liebe zu der schönen jungen Frau zum Mörder geworden ist. Ein Verbrechen aus Leidenschaft, nicht aus Habgier, das ist immer ein Grenzfall.«

»Auch dein sogenannter Ruhestand hat dir dein Mitfühlen und Mitleiden mit einigen Tätern nicht austreiben können«, seufzte Anna. »Aber ich muss gestehen, dass ich auch Mitleid empfinde, allerdings eher mit den Exilkünstlern, die ihre Kunst nicht ausleben durften. Sie durften wenig oder gar keine Wertschätzung erfahren. Das ist die Hölle für alle kreativen Menschen. Und ich habe viel Mitleid mit Pippa.«

Energisch schnitt sie einen geschälten Apfel entzwei, entfernte das Kerngehäuse und meinte: »Ich hab mich übrigens entschlossen, wieder mehr zu malen, bevor es zu spät ist, wie du es ausgedrückt hast.«

Gontard erschrak ein wenig über die in Annas Satz enthaltenen Endzeitgedanken, die doch eher seinem eigenen, der Melancholie zugeneigten Gemüt entsprachen als dem seiner eher positiv eingestellten Ehefrau.

»Du hast schon etwas im Sinn?«, fragte er.

»Ja, ein Kinderbüchlein. Nicht zum Veröffentlichen, nein. Nur so für unsere Enkelkinder und ihre Freunde, für dich und mich.«

Ein wenig träumerisch schaute sie auf die Terrasse hinaus, wo ein Blumenmeer von Sonnenhut, Tagetes, Hortensien, Dahlien, Bartnelken und Ringelblumen in bunter Vielfalt den Hochsommer feierten.

»Das wird ein Büchlein mit vielen Tieren. Hauptsächlich mit Hunden. Unsere Verflossenen werden darin vorkommen: Belami und Willi, der Lillis Kindheit begleitet hat. Ich freue mich schon richtig aufs Malen. Und ich werde es Fredi und Lotta und anderen kleinen Strolchen widmen.«

Sie deutete auf die Blumenpracht auf der Terrasse.

»Oh schau mal, da zeigen sich schon die ersten Herbstastern. Und Chrysanthemen gibt es auch schon im Supermarkt.«

»Ja, und auch Lebkuchen liegen schon in den Regalen, und die Tage werden kürzer, und dein Ehemann wird demnächst 80 Jahre alt, liebe Anna«, sagte Gontard in mokantem Ton.

Diesmal war er es, der Melancholische, der ausrief: »Was soll das Lamentieren? Freuen wir uns doch auf morgen. Auf die Enkelkinder. Auf dein Kinderbüchlein. *Carpe diem.*«

»*Carpe diem.* Ja, lass uns den Tag pflücken«, lachte Anna, und sie nahm den letzten der Äpfel aus dem Gontardschen Garten und schnitt ihn energisch auseinander.

»Ja, wir sollten uns mehr an der Katzennatur orientieren«, sagte Gontard mit einem Blick auf Kater Heinz, der sich in Belamis verwaistem Korb räkelte und laut schnurrend bewies, dass er kein Problem damit hatte, »den Tag zu pflücken«, und das Jetzt in vollen Zügen zu genießen.

Bibliographie:

Thomas B. Schumann
Deutsche Künstler im Exil 1933-1945
Werke aus der Sammlung Memoria Thomas B. Schumann
Edition Memoria, 2016

Künstlerkinder von Runge bis Richter, von Dix bis Picasso
Ausstellungskatalog Kunsthalle Emden
Kerber Verlag, Bielefeld, 2012

Ingrid Pfeiffer
Glanz und Elend in der Weimarer Republik
Ausstellungskatalog Kunsthalle Schirn Frankfurt
Verlag Hirmer, 2017

Hans-Jürgen Buderer/Manfred Fath
Neue Sachlichkeit Bilder auf der Suche nach der Wirklichkeit
Ausstellungskatalog Kunsthalle Mannheim
Verlag Prestel, 1994

Robert Meister
Albert Anker und seine Welt
Verlag Zytglogge, Bern, 1981, erweiterte Auflage 2000

Dr. Sigrun Paas
Rudolf Epp Eberbach 1834-1910 München Leben und Werk Ausstellungskatalog Museum der Stadt Eberbach, 2018

Anmerkung:
Die Werke und Schicksale der in den Briefen Dornheimers genannten Exilkünstler werden in dem oben erwähnten Band von Thomas B. Schumann genannt.
Die Gestalt des Jakob Dornheimer ist fiktiv.
Herrn Schumann wünsche ich, dass sein Wunsch eines Museums für Exilkünstler in Erfüllung gehen möge.

Lilo Beil, den 9. 10. 2018

Die Autorin

Lilo Beil wurde im südpfälzischen Klingenmünster geboren. Die Pfarrerstochter verbrachte Kindheit und Jugend in Dielkirchen bei Rockenhausen und in Winden bei Landau. Ab 1966 studierte sie in Heidelberg Romanistik und Anglistik. Sie unterrichtete von 1972 bis Januar 2008 an der Martin-Luther-Schule in Rimbach bei Heppenheim an der Bergstraße. Die Autorin hat drei Töchter und drei Enkelkinder. Sie lebt mit Mann und Hund im vorderen Odenwald.

Seit frühester Jugend interessierte sich Lilo Beil für Literatur und Kunst. Ihr liegt, sagt sie, das Satirische, aber es finden sich in ihren Geschichten genauso romantische und nostalgische Elemente, Spannungsmomente und die kritische Auseinandersetzung mit Geschichte und Gesellschaft. Gelobt wird außerdem immer wieder die klare, sorgfältige Sprache.

1997 erschien »Maikäfersommer – Eine Pfälzer Kindheit in den 50er Jahren« im Verlag Pfälzer Kunst/Dr. Blinn. Weitere Erfolge wie die Aufnahme ihrer Kurzgeschichte »Der Nussknacker« in eine Anthologie des Rowohlt-Verlages ermutigten Lilo Beil. 1999 veröffentlichte sie unter dem Titel »Sonnenblumenreise« Geschichten für Reisende und Nichtreisende; 2002 folgte der Krimiband

»Heute kein Spaziergang. 43 Krimigeschichten«. 2005 erschien ihre Geschichtensammlung »Schattenzeit«. 2006 folgte eine zweite Ausgabe »Maikäfersommer und andere Geschichten aus Pfalz und Kurpfalz« in der Edition Tintenfaß. 2010 erschien die erweiterte Taschenbuchausgabe »Maikäfersommer – Kindheitsgeschichten« im Conte Verlag. Kommissar Gontard ermittelte erstmals 2007 in »Gottes Mühlen«, 2008 und 2009 folgten »Das Licht unterm Scheffel« und »Die schlafenden Hunde«, 2011 »Die Nacht der grauen Katzen«, 2012 »Die Mauern des Schweigens«, 2014 »Das gläserne Glück« und 2015 »Die Reise des Engels«. 2010 erschien der erste Krimi um Charlotte Rapp »Die Kinder im Brunnen«, 2013 »Mord auf vier Pfoten – 22 tierische Krimigeschichten« und 2016 »Vielleicht auch träumen« (Charlotte Rapp II). Zuletzt erschien 2018 der Krimi »In kindlicher Liebe« (Charlotte Rapp III). Im Übrigen beteiligt sich Lilo Beil an zahlreichen Anthologien mit Kurzprosa – Krimis und Nicht-Krimis gleichermaßen. So ist sie in mittlerweile fünfzehn Anthologien des Wellhöfer Verlages vertreten.

Lilo Beils Krimis im Conte Verlag

Lilo Beil
Gottes Mühlen
Kommissar Gontards erster Fall

184 Seiten
ISBN 978-3-936950-49-6
9,90 €

Kein schonungsloser Nervenkitzel, sondern intelligente Spannung, die zum Nachdenken anregt, weit über Ort und Zeit hinweg.
Bonner General-Anzeiger

Lilo Beil
Das Licht unterm Scheffel
Kommissar Gontards zweiter Fall

178 Seiten
ISBN 978-3-936950-72-4
9,90 €

Intelligenter Krimi mit außergewöhnlicher Handlung.
Odenwälder Zeitung

Lilo Beil

Die schlafenden Hunde

Kommissar Gontards dritter Fall

194 Seiten
ISBN 978-3-936950-87-8
9,90 €

Ein Kriminalroman, den man schon nach den ersten Zeilen nur noch schwer aus der Hand legen kann.
Weinheimer Nachrichten / Odenwälder Zeitung

Lilo Beil

Die Nacht der grauen Katzen

Kommissar Gontards vierter Fall

202 Seiten
ISBN 978-3-941657-28-1
11,90 €

Die Autorin wagt, was viele umgehen oder verharmlosen: die direkte Auseinandersetzung mit den Täterinnen und Tätern der Nazizeit.
Neue Wetzlarer Zeitung

Lilo Beils Krimis im Conte Verlag

Lilo Beil

Die Mauern des Schweigens

Kommissar Gontards fünfter Fall

210 Seiten
ISBN 978-3-941657-60-1
11,90 €

Trotz des hohen Unterhaltungswerts steht die Botschaft des Buches deutlich im Raum. Geschieht Unrecht, gilt es, ›Die Mauern des Schweigens‹ zu durchbrechen. Die Rheinpfalz

Lilo Beil

Die Kinder im Brunnen

204 Seiten
ISBN 978-3-941657-10-6
11,90 €

Dieser packende und bis zum Schluss spannende Krimi geht unter die Haut.
Marburger Neue Zeitung

Lilo Beils Krimis im Conte Verlag

Lilo Beil

Das gläserne Glück

252 Seiten
ISBN 978-3-95602-012-4
11,90 €

Es ist wie meistens bei dieser Autorin, man liest einen unterhaltsamen, lebensklugen Krimi, die besondere Note gibt dem Buch aber erst die kritisch reflektierte Zeitgeschichte.
Mannheimer Morgen

Lilo Beil

Die Reise des Engels

200 Seiten
ISBN 978-3-95602-054-4
11,90 €

Beil verknüpft in diesem Krimi das Kolorit von drei Epochen zu einer gelungenen Mischung aus Spannung und Zeitgemälde.
Weinheimer Nachrichten

Lilo Beils Krimis im Conte Verlag

Lilo Beil
Vielleicht auch träumen

170 Seiten
ISBN 978-3-95602-086-5
11,90 €

Einmal mehr stellt die Schriftstellerin in ihrem neuen Roman ihr besonderes Gespür für die Menschen und ihre Eigenarten unter Beweis.
Rhein-Neckar-Zeitung

Lilo Beil
Ein feste Burg

188 Seiten
ISBN 978-3-95602-112-1
11,90 €

Besonders macht diesen Krimi erneut die literarische Gestaltung: Lilo Beil, die den Roman als eher unkonventionellen Beitrag zum Luther-Jahr versteht, strukturiert ihn gekonnt mit christlichen Motiven und Symbolen …
Mannheimer Morgen

Lilo Beils Krimis im Conte Verlag

Lilo Beil
In kindlicher Liebe

166 Seiten
ISBN 978-3-95602-135-0
11,00 €

Einmal mehr stellt die Schriftstellerin in ihrem neuen Roman ihr besonderes Gespür für die Menschen und ihre Eigenarten unter Beweis.
Rhein-Neckar-Zeitung

Lilo Beil
Mord auf vier Pfoten

218 Seiten
ISBN 978-3-941657-88-5
11,90 €

Zweiundzwanzig tierisch-köstliche Fälle serviert die Autorin dem Leser auf dem Silbertablett.[...] Ein Lesespaß für alle Zweibeiner, die ihre Vierbeiner bisher immer unterschätzt haben. Ideal zum Selberlesen und Verschenken. auserlesen.de

Besuchen Sie uns im Internet:

www.conte-verlag.de